文芸社セレクション

猫の九郎と、おじやん

若松 豊子

WAKAMATSU Toyoko

文芸社

東の空が薄っすらと明るくなって、小鳥たちのさえずる声で目を覚ました。

「小鳥は早いのう…」

おじやんは、小さな声で呟くと、もそもそと寝床から起きだした。

一人暮らしのおじやんは、朝から何をするでもなく、声を掛ける家族も居ない。

いつものように洗面を済ませると、亡き妻の写真に向かって話しかけた。

「今日も元気やで」

それは、約三年前、まだ雪の残った寒い朝の出来事であった。

「おじやん、ちょっと座るわ」

そう言って、八重《やえ》はマッサージチェアに座り、いつものようにテレビを楽しんでいた。

しばらくすると突然。

「おじやん助けて！　救急車呼んで！」

八重は、そう叫んだ切り、その場に倒れ込んでしまい、その後の言葉は無かった。

救急車が病院に着く頃には、もう息は無く、さんざん苦労を掛けて来た八重との今生の別れが、呆気なく訪れたのであった。

「八重なんでやあ、なんでやあ！」

おじやんは、うめき声を上げ続け、その姿は、まるでこの世の悲しみを全身に背負った感じであった。

あまり記憶がないほど、深い悲しみの中で告別式を終えた。

そして今は、写真だけになった八重に、毎日、毎日、話しかけては、いつまでも悲しみが癒えずにいるのであった。

おじやんの名前は、会津正雄《あいづまさお》。

この〝おじやん〟と言うのは、いつの頃からか、八重が、そう呼び始めたもので、特に意味など無かったが、おじやん自身も気に入っていた。

おじやんの年齢は七十二歳。中学を出るとすぐに働きに出た、いわゆる〝団塊の世代〟である。

おじやんと八重の間には、三人の子供がいて、今年で、五十歳になる長男の一雄《かずお》、それから二歳ずつ歳の離れた長女の正美《まさみ》、四十八歳と、次女の貴子《たかこ》、四十六歳である。

現在の家は、結婚した時に、自然豊かな山里に古民家を買ったものである。

ただ、山と野原に囲まれただけの一二六〇坪程度の土地の中に古民家はあって、八重はいそいそと畑仕事をしながら三人の子供を育てた。

おじやんは、山里から車で四十分位の町へ働きに出た。この町は、人口五万人程度の小さな町であったが、それなりに店舗もあって、生活必需品を揃えるには問題はなかった。

ただ、町まで遠いのだけが不便であった。

また子供たちも、幼稚園から高校まで、この町の学校で学んだ。

家の近くにはきれいな川が流れ、子供たちが小さかった頃は、よく魚釣りをしたり、ザリガニなどを捕まえに連れて行った。

また、川沿いの桜並木が満開を迎えると、町から多くの人がやって来て〝花見客〟で賑わった。

夏には、川辺でバーベキューを楽しむ家族連れや若者のグループが訪れ、山里が紅葉に染まる秋には、近所に、標高五六〇メートル程の山があって、ハイキングをする人たちの姿が多く見られた。

だが、冬になると、誰も来なくなるのであった。

それでも、子供たちが居た頃は、雪だるまを作ったり、一緒に薪を割ったり、その薪で焚き火をして、〝焼き芋〟を作って食べたりして、おじやんと八重にとっては〝暖かい冬〟だった。

しかし、子供の為と思って買った家も、「ここは不便だ」と言って、結局三人とも、高校を卒業すると、家を出て行ってしまった。

子供は巣立ち、妻には先立たれ、今は山里での寂しい一人暮らしであった。

暖かい時期が来ると、おじやんは精を出して畑仕事をした。理由は、自分で食べる分と、月に一回ほど、入れ替わりでおじやんの様子を見に来る三人の子供たちに、作った野菜を持たせる為だ。

ここはキツネも出るし、鹿やイノシシも珍しくない。沢山作っても、それらに荒らされて持って行かれる事も、しばしばであった。

それでもおじやんは、いろいろ考えて、作った野菜を取られないように工夫している。

おじやんは、一人だけの朝食を済ませると、いつものように長靴を履いて、セーターの上にジャンパーを着て、裏口から朝の散歩に出かけた。

「まだまだ寒いのお」

独り言を言いながら、自分の体力に合わせて、〝とぼとぼ〟と歩いた。

しばらくして、竹藪の近くを通りかかった時、何かの鳴く声がした。

「ミャン！　ミャン！」

「はて何やろ？」

おじやんは、声のする竹藪の中の方へ歩いて行った。

中へ入るとその声はしだいにはっきりと聞こえてきた。

竹藪の中は、まだ、ところどころ雪が残っていて、さらに寒さを感じた。

おじやんは、声のする方にさらに近づいた。

「ミャン！　ミャン！」

見ると、その鳴き声の主は〝黒い塊〟となって、雪を避けるように大きな竹の根元にうずくまっていた。

おじやんが近づくと、体中の毛を逆立てながら、顔いっぱいに口を広げ、精一杯の威嚇をはじめた。

「何や、子猫か」

おじやんは、そっと手を差し伸べて頭を撫でてやった。

すると、急に力尽きたように威嚇を止め、震えながら、その〝黒い塊〟の小さな目が、恐怖と寒さと飢えを訴えていた。

よほど、飢えと寒さがこたえているのか、その〝黒い塊〟は、か細い声で鳴き続けた。

「たすけて！」

おじやんには、そう聞こえるのであった。

「よし、よし、もう大丈夫やで！」

おじやんは、そっと〝黒い塊〟を拾い上げると、ジャンパーの中に入れて、急いで家に帰った。

すぐにケトルで湯を沸かし、タオルで全身を拭いたあと、バスタオルでくるんでやった。

かなりお腹が空いているのか、まだ鳴き止まない。

今度は牛乳を人肌に温め、器に入れて口の傍に持っていってやると、慣れない様子で、口を開け、小さな舌でペロペロと舐めるが、上手に飲めず顔中が牛乳だらけになった。

「こりゃ、このままやと死ぬなあ」

おじやんは、そう呟くと、しばらく考えたあと、町にある動物病院に電話をした。

事情を説明すると、すぐに診てくれることになった。

おじやんは、急いでバスタオルを二枚出して来て、その〝黒い塊〟をくるむと、洗濯カゴへ入れ車に運んだ。

そして、動物病院へ車を走らせたのであった。

四十分ほどで動物病院へ到着すると、獣医に早口で、改めて状況を説明した。

獣医は、一通り診察を済ませると、笑みを浮かべながら言った。

「これは生後十日位のオス猫やね、大丈夫ですよ！」

そして注射を一本打つと、その後、哺乳瓶で何やら栄養のあるらしい飲み物を飲ませてくれた。

それはもう勢いよく飲んだ。

獣医から一週間後にまた連れてくるよう言われ、哺乳瓶と粉ミルクを渡された。さらに、一日に何回かは、濡れた綿棒で肛門の辺りを刺激して、排泄をさせなければいけない事を教わった。

「こりゃ、えらい事になったぞ！　まだ、飼うとも決めてないのに」

帰りの車の中で、思わず独り言が出たが、手の中にすっぽり収まってしまうほどの、その小さな〝黒い塊〟は、そんなおじやんの気持ちなど露知らず、ひたすら鳴くだけであった。

「ミャン！　ミャン！」

その声は車の音にも、かき消されそうな小さな声だった。

その日から、おじやんと〝黒い塊〟の偶然とも、運命とも分からない、古民家での生活が始まった。

鳴くからと言って、やたらミルクを飲ませてもいけないと思い、獣医に教わった通り四時間毎に哺乳瓶を洗っては、目盛りを確認しながら分量を守ってミルクを与えた。

それは夜中でも同じであった。家に綿棒が無いことを知ると、ティッシュを湯で濡らして、お尻に擦り付けてやった。

言われた通りにやってはいるが、はたして排泄してくれるかどうか分からない。

これだけは困った。

子猫の命が自分に懸かっていると思うと、妙に使命感が湧いて、夜中も、うとうとしながら、頑張って看病を続けるのであった。

二日後の夜、いつの間にか、〝黒い塊〟は、おじやんの布団の中へ入って来て、丸くなって眠るようになった。

「可愛いなあ」

おじやんは、その寝顔に癒されるのであった。

ようやく一週間が経って、獣医のところへ連れて行った。

獣医に排泄の事など、その後の様子を詳しく説明した。

二度目の診察後、特に問題が無かったことを聞くと、おじやんは「ほっ」とした。

「ところで、会津さん、この猫の名前は？」

「名前？」

「名前、考えてないんですか？」

「うーん、ほんなら取り敢えず名字を取って〝会津猫〟で」

おじやんが適当に言うと、獣医は苦笑しながら言った。

「会津猫では可哀想ですよ！　ちゃんと考えて、名前を付けてやってください、今すぐでなくて良いですから」

「はて、どうしたものか…」

すると、突然、閃いたようにおじやんは言った。

「先生、〝九郎〟にしますわ！」

「くろう？　どんな字ですか？」

「漢字で〝九郎〟です。漢数字の〝九〟に太郎の〝郎〟で！　この子は黒いからこれで決まりです！」

「黒いから、九郎？　なるほど」

獣医は少し首を傾げたが、それ以上は何も言わず、事務処理を行った。

適当な決まり方ではあったが、何はともあれ〝会津九郎〟が誕生した。

そして、同時に九郎を自分の家族にしようと決意した瞬間でもあった。

おじやんは、さみしく、退屈だった日々に、一筋の光がさし込む気配を感じていた。

さっそくおじやんは、九郎に必要な物を買う為に、ペットショップへ出かけた。

店に入るなり、懐から九郎を出すと、傍にいた店員に嬉しそうに話しかけた。

「ちょっと、この子見て！」

「うわあ！　可愛い!!」

店員は、そう言って抱き寄せた。

「この子の為に要るもん、用意してくれへんか」

おじゃんが言うと店員は、猫用のトイレや離乳食、首輪まで用意した。九郎は黒いので首輪は赤いものを選んだ。

家に帰ると、さっそくトイレを畳の上に置く事にした。

〝子猫と言っても、人間でいえばやっとお座りが出来るようになった赤ちゃんやろ〟

おじゃんは勝手にそう思い込み、トイレを土間に置いては段差があって、上り下りが無理と判断した。

さらに、まだ、買ってきたトイレは使わず、慣れるまで畳の上にビニールを敷いて、そこに砂を敷いてやった。

瞬く間に一週間が過ぎ、三度目の獣医の診察を受けた。

「かなりしっかりしてきたねえ！」

獣医はそう言って、三度目の注射をした。

三度目でも、やっぱり怖いのか、九郎は「ミーミー」と鳴いて、おじゃんにすがるように、細い腕を伸ばすのであった。

帰りにおじゃんはスーパーに立ち寄り、自分の食事の素材を買った。

「早く買い物を済ませ、車に戻らなければ」

足早に買い物を終え車に戻ると、そこにはあどけない顔でおじゃんを迎える九郎が居た。

「何と可愛いんやろ！」

おじゃんは、「ずっとずっとこの子を育てて行く」と心に誓うのであった。

九郎は、想像を超える速さで、すくすく育っていった。最近では〝猫ジャラシ〟でよく遊ぶようになった。

でも、まだ夜中に起きて離乳食を与えなければいけない。

ケトルのスイッチを〝ポン〟と押すと九郎は〝御飯の合図〟だと分かり始めたのか、じっと座って見ている。

御飯が人肌になるまで、「フーフー」していると、まだ熱いのに待ち切れないのか、「ミャー、ミャー」と鳴きながら、小さな爪をおじゃんのズボンに立てて、急かすのであった。

「九郎！　まだやで！」

そう言っても聞かない。

しばらくして、やっとの事で、食にありついた九郎だが、まだ上手く食べられない。

食事で汚れた九郎の口や前足を拭いてやり、それから一緒に布団に入って眠る。そんな生活がしばらく続いた。

「ミー、ミー」

おじゃんの姿が見えない時は、とにかく鳴くものだから、おじゃんは、可愛くてすぐに抱いてしまう。

しばらくして、今度は離そうとすると爪をおじゃんの服に引っ掛けて、なかなか離れようとしない。

「困ったのお」

そう言いながら苦笑する顔は、幸福そのものであった。

それからさらに数週間が経った。

九郎はしっかりと自分の足で立って、部屋の中の匂いを嗅いで、あちこちを歩き回った。

その様は、どうにか猫らしくなってきた。

おじゃんは、野菜の種を撒くために長靴を履き畑へ出た。子らに食べさせると思えば、畑仕事も苦にはならなかった。

昼を少し回ったので、畑仕事を止めて家に帰り、ガタゴトと戸を開けると、九郎が全身の毛を逆立てて、警戒してこちらを見ている。

「九郎、わしや！」

驚いたおじゃんが、そう言うと、安心したのか、今度は毛をしまい、おじゃんに飛びついてきた。

「ミャー、ミャー」と鳴いて、おじゃんの服の匂いを嗅ぎ始めた。

「そうか、寂しかったんか、ちいとま、おらんかっただけやがな」

そう言いながら離乳食を作って食べさせた。

九郎が、家に来て二週間ほど過ぎた頃、子供達に猫を飼い始めたことを伝えた。

「わし、猫、飼うたからな」

長男の一雄は少し驚いた様子で訊ねた。

「ええ！　ネコ飼うたんかいな!?」

「そうや」

「どこで見つけて来たん？」

「野良猫や、親とはぐれた子猫や」

「親父、大丈夫か？　ちゃんと面倒看れるんか？」

「任せとけ！　ガハハ！」

二人の娘にも知らせると、「近いうちに見に行くわ！」との事であった。

おじやんの家の風呂は、薪を燃やして焚く風呂で、家族五人で暮らしていた頃は、丁度良い大きさであったが、一人だと広く感じて、余計に冷たさを感じた。また、冬場だと一時間近く薪を燃やし続けなければ沸かない。

おじやんは、薪を燃やしながら時々、昔を思い出しては、心の中で呟いた。

「あの頃は、生活は苦しかったが楽しかったなあ」

子供たちが少中学生の頃は、家の近くまで送迎バスが来た。

山里は通学には遠かったが、その分、子供たちは自然の中で自由に育った。

夏は毎日のように家の前を流れる川で遊んだ。水がきれいで、今でもシーズンになると、町の人がテントを張って、バーベキューを楽しみにやって来る。

春の初めなどは、おじゃんの土地の竹藪の中に、タケノコが顔を出すと、珍しいのか、町の人は無断で抜いていった。柔らかいところをイノシシにかじられていても、構わず持って帰った。

おじゃんは、その〝ドロボウ〟に怒るわけでもなく寛大であった。

「わしも逆の立場やったらそうするわ！　ガッハハ！」

風呂が沸き、おじゃんが一人で浸かって一日の疲れを取っていると、自分も入りたいのか〝カリカリ〟と風呂の戸を何やら九郎が引っ掻いている。それが済むと、今度はおじゃんが風呂から上がるまで戸の外で待っているのである。

おじゃんは、少しずつ大きくなっていく九郎を我が子のように見守った。

春が過ぎ、草木が勢いよく成長してゆく。家の周りは緑一色となった。

この頃になると九郎の食事も離乳食から、大人用の缶詰〝猫缶〟になっていた。

おじゃんは町へ出かけると、いろんな種類の猫缶を九郎の為に買ってきた。

九郎の体は大きくなり、黒い毛は艶を帯びはじめた。ガラス越しに日がさし込むとその毛はいっそう美しく、しなやかに見えた。

おじやんが畑へ行くのを知ると、九郎は後ろに付いて来るようになった。

そして、畑でバッタなどを見つけると飛びついて遊んだり、そうかと思うと、手足を伸ばしては寝てしまうのであった。

昼になって家に帰ろうとすると、寝ていたはずの九郎が、すぐに起きておじやんの後を小走りについて帰る。おじやんが立ち止まると、その小さな頭をおじやんの足に〝スリスリ〟と何度も擦り付けてきた。

これが、おじやんには、たまらなく可愛かった。そして、子供たちが小さかった頃、やっとの思いで、おじやんに付いて歩く姿を思い出させるのであった。

短い梅雨が過ぎ去って、九郎にとって初めての夏が来た。

おじやんは、ガラス窓を四分の一ほど開けて木枠をハメ込み、そこに板を切って蝶つがいを付けて、戸をこしらえた。

九郎専用の出入り口である。

はじめは戸惑っていた九郎も、すぐに慣れた。

一人で出かけては、二、三時間、外遊びをして、帰りはプロパンガスの上に設えた板に飛び乗って、頭で〝グリグリ〟と戸を開けて帰ってくる。

ある日の夕方、九郎がいつものように帰ってくると、おじやんの所へきて口から〝ポン〟と離した物がある。

「何やろ?」

よく見るとトカゲだ。

「あかん! あかん! 可哀想やないか!」

おじゃんは、近くにあったハエタタキで押さえると、何と、オモチャのトカゲだった。

「九郎、何やっとんねん、これビニールのオモチャやで!?」

おじゃんが捨てようとすると、九郎はまだ遊びたかったのか、「よこせ!」と言わんばかりに口で〝獲物〟を奪い返すと、無邪気に遊びだした。おじゃんは一人苦笑してしまった。


古民家は夏が来てもクーラーなどいらず、涼しかった。その代わり、冬になると雪が積もり、なかなか外には出づらい、おじゃんのような老人には雪はこたえた。

妻の八重が亡くなってからは、時々、村の役をしている人が心配して訪ねて来てくれた。おじゃんの要望をいろいろ聞いてくれ、メモを取って帰って行った。

三人の子供たちも心配して、月に一度は寄ってくれるし、時折、電話もくれる。

だが、今のおじゃんには、九郎との飽きない暮らしが時間を忘れさせた。

あっと言う間に季節は変わり、草木が枯れ、冬の気配が辺りに漂い始める頃、おじゃんは、〝冬支度〟をはじめなければならなかった。

町へ出かけ、車のタイヤを冬用に履き替え、薪もいつもの馴染みの業者に頼んだ。

食料は、腐らない物は、ほとんど買い溜めし、ストーブの灯油は、週に一度、町のガソリンスタンドから配達してもらった。

「迷惑の掛けついでだ、仕方がない」

そう思いながら、必要な物があれば、家に寄ってくる子供たちに買い物を頼み、届けてもらうのであった。

冬支度など、まったく知らん顔の九郎は、おじやんがリビングでくつろいでいると、セーターに爪を絡ませ、あっという間に肩まで登り、おじやんの顔に頬ずりするのであった。

「お前に兄弟がおったら、こないして遊ぶんか？」

話しかけたが、やはり知らん顔である。

季節は真冬へと移り変わった。

夕食が終わり、ふと窓の外に目をやると、雪が降ってきた。

「ああ、積もるな」

少し考えて、おじやんは、九郎に言った。

「九郎！　今日は寒いから風呂は止めとく、早じまいや！」

そして九郎を抱き寄せながら、一緒に眠るのである。

九郎の頭を優しく撫でながら思った。

「長い間、一人で我慢しなければならない、そう覚悟していた冬も、今は、九郎が居てくれる」

何とも言えない温もりが、心と体に溶け込んでくるのであった。

夜が明けると、おじやんの車はすっぽり雪に埋まっていた。

ふと見ると、九郎が窓とおじやんの所を、何やら落ち着かない様子で、何度も行ったり来たりしている。

九郎にとっては二度目の冬だが、去年の記憶が〝トラウマ〟になって残っているのか、なかなか外に出ようとはしない。

その様子をじっと見ていたおじやんは、何とか九郎の〝トラウマ〟を克服させたいと思った。

そして布団から起き上がり、着替えると外に出た。

「寒いのお！　でも大丈夫、九郎もおいで！」

誘ってみるが、後ずさりをしている。

しかし、おじやんが、積もった雪の上を歩き出すと、九郎も恐る恐るついてきた。

雪の冷たさが素足にこたえるのか、足を〝プルプル〟と振って雪を払っていた。しばらく様子を見ていると、今度は雪の匂いを嗅いで前足で雪を掘ってオシッコをした。

「九郎！　これからは寒いから、あんまり外歩きは出来んな！　ガッハハ！」

おじやんは安心して、大笑いしながら言った。

九郎は新しい雪の上を一歩ずつ歩いた。見事に蘇生した一つの命の歩みであった。その姿を見ていたおじゃんは、小さな足跡が何とも可愛らしくて、また笑ってしまった。

こうして、長い冬を九郎とおじゃんは、不便な山里の古民家で過ごすのであった。


おじゃんは時代劇が大好きで、新聞のテレビ欄を見ては時代劇を探して、赤鉛筆で印をつけるのが常であった。

録画もしておいて、雪が積もった日などは、一日の半分をテレビの前で過ごした。

九郎は、カーペットの上で居眠って、時々、背伸びをしては、また眠る。そんな平凡で、しかし、幸せな冬の時間が過ぎていった。

もうすぐ九郎が家に来て一年が経とうとしていた。

おじゃんは、竹藪で九郎と出会った日を〝九郎の誕生日〟と決めていた。

町へ出たついでに、九郎に大きめの鈴を、誕生日プレゼントとして買ってきた。

「カラン！」

嫌がる九郎の首に無理やり鈴を付けると、おじゃんは得意そうに言った。

「どうや?　これやったら、エエ音するから、ちょっとそこらにおっても分かるぞ！ガッハッハ！」

「はぁ～、こんなん邪魔やで」

九郎は、迷惑そうな顔をしながら、外遊びへ出かけた。

やがて雪の降らない日が続き、日差しが優しく古民家を照らし、春の気配が少しずつ近寄ってきた。

この頃になると、九郎は蝶つがいの〝九郎専用〟の戸を頭で押し開け、頻繁に外出しはじめた。

もうすぐ九郎が家に来て、二度目の春である。

ある日、長男の一雄がやって来て、いろいろと話し込んだ。

おじやんの体調のことや、外部の人間との交わりが無いことに対するアドバイスをした。

一雄と次女の貴子は看護師だったので、年寄りをこんな不便な所に一人にしておくことに、いつも不安を感じ、心が痛んだ。

だが、自分たちの家におじやんを呼んで一緒に暮らすといっても、三人の子供たちにも、それぞれの家族があり、おじやんを養うほど、生活に余裕があるわけでもなかった。

また、おじやんも、それを良しとは思わなかった。三人の子供が可愛かったからである。

やがて一雄は帰って行った。

すると、入れ替わりに九郎が帰ってきた。よく見ると口にネズミを咥えていた。

「九郎！　離したれ！　そのまま外に逃がせ！」

おじやんはビックリしてそう言ったが、九郎は言うことを聞かず、ネズミを食べてしまったのである。

如何に猫の習性とはいえ、こんなことを頻繁にされては、たまったものじゃない。

「こんなんするんやったら、もう一緒に寝えへんで！」

おじやんは精一杯叱ったが、九郎は前足を丁寧に舐めて、くつろいでいる。

「猫がネズミを捕って何が悪い？」

そう言いたげに、器用に全身の毛づくろいを終えると、満腹で眠気が来たのか、あくびをしながらカーペットの上で〝ゴロン〟と寝そべった。

「何も家で食べんでも、外で食うてこいや…」

おじやんは九郎の〝食べ残し〟をブツブツ言いながら片付けるのであった。

春が来てもおじやんは、ハンテンを手放せなかった。

いつものように長靴を履いて散歩に出かけると、山里にいろんな生命が芽吹いていることに気付く。

野草も花を咲かせはじめ、長い冬を耐え忍んだ、あらゆる生命が動き出す。

野草は野草らしく、木々はそれぞれの新緑を輝かせる。土の中に眠る虫たちも、自らの活動の準備を行う。

「自分も自分らしく生きよう」

この時期になると、いつもおじやんは、心にそう思うのであった。

「よし一句出来たど！」

よその家の田んぼの畦を歩きながら、おじやんはと独り言を言った。

〝春霞　農夫の姿　あぜにあり〟

「どや？　名句やろ？」

自画自賛の独り言を言っていると、鈴の音で後ろを振り返った。

知らぬ間に、九郎がついてきていた。

「お前、寝とったんちゃうんか？」

九郎を抱き上げると、「よし、よし」と九郎の頭を撫でながら、九郎と一緒に、春の散歩道を、いつまでも歩くのであった。

日差しが段々と強くなってきて、半袖のシャツ一枚で過ごせるようになってきた。

「九郎、ちょっと町へ出かけてくるからな、留守、頼んだで！」

おじゃんはそう言って〝軽トラ〟で町へ出た。

今日は掛かり付けの内科医で定期検診の日であった。

病院は、かなり混んでいて、待たされたが、苦にはならなかった。

やがて、おじゃんの診察の番が来た。

「会津さん、最近、血圧が高いですね、もう一つ薬を追加しますね」

「なんでやろ？　食養生は、しとるんやけどなあ？」

そう呟いたが、仕方がない。

検査結果が出るのが遅れるそうで、後日、改めて知らせてくれることになった。

この病院には八年間通っている。糖尿病も患っているので薬を沢山もらった。

「のんびりしてるつもりでも、血圧は上がるんやなあ」

それから、少し遅めの昼食で、久しぶりに回転寿司に入って寿司を食べた。好物はサーモン、ハマチ、イワシ、イカ等である。

その後、日用品やら、食料品を買いそろえていると、午後の三時になっていた。

「予定より遅くなってしもた、はよ帰ろ」

そう呟きながら、九郎の待つ家へと車を走らせた。

家に帰るとすぐに風呂の準備をした。

おじやんは、飲む水以外は、基本的に、全て井戸水でまかなっていた。

井戸水を入れた風呂が沸くのを待っている間に、晩御飯を済ませたかったが、昼間、寿司を食べすぎたせいで、あまりお腹が空いていなかった。とりあえず冷蔵庫の残り物で軽めの食事をしていると、九郎が帰ってきた。

何やら全身、泥で汚れている。

「何したら、そんなに汚れるんや？」

そう言いながら、風呂場に九郎を連れて行った。

「止めてくれ！　濡れるの嫌いや！」

嫌がる九郎を、お湯と石けんでゴシゴシ洗った。

「せっかく井戸水で沸かした湯や、ありがたく思え！　ガッハッハ！」

最初は抵抗したが、何回もお湯をかけられるものだから、九郎も観念して暴れなくなった。

「ほれ！　きれいになったぞ！　お前、なかなか男前やな！　ガハハ！」

笑いながら丁寧にバスタオルで拭いてやった。

九郎はタオルで〝クシャクシャ〟にされて、ただ、ただ、迷惑そうであった。

「自分で、きれいにするわ！」

九郎は不機嫌そうに、念入りに毛づくろいをするのであった。

いつの間にか、蟬の鳴く声で目覚めるようになった。家の辺りは緑一色である。

川は穏やかに水が流れ、夏と言うのに水は冷たい。

川辺には、町から来たのか、家族連れがテントを張り、釣りなどを楽しんでいる。

おじやんは早朝から畑に出て、トマト、キュウリ、オクラなどの夏野菜の収穫に忙しかった。

次女の貴子が昼から来るので、無農薬の野菜を持たせてやりたかったのである。

貴子は、訪ねてくると、いつものように、家の掃除をして、おじやんの体調のことなど、近況を聞いて、安心して帰った。

その夜、長時間外出していた九郎が、潜り戸をぬけて、やっと帰宅した。

いつもと違って、潜り戸を激しい音を立てながらの帰宅であった。

「はて、何やろ？」

おじやんが覗くと、今度は何と口に蛇を咥えているではないか！

「またか！　口から離したらあかんぞ！」

ビックリしたおじやんは叫びながら、近くにあった火箸で蛇を捕ろうとすると、九郎はあっけなく蛇を離してしまった。

「こりゃあかん！」

必死に火箸で蛇を追いかけて、やっとの思いで捕まえた。

そして、出来るだけ家から遠いところへ蛇を放そうと、老人とは思えぬ足取りで畑を横切り、〝ポイ〟と力いっぱい雑木林に向かって蛇を投げ捨てた。

息切れして家の中に入ると、九郎がまたしてもくつろぎながら、食事をしているのである。

これにはさすがのおじやんも怒り心頭で、大声で叱った。

「九郎！　なんぼなんでも、蛇だけは持って帰るなよ！　わし、蛇嫌いやねん！」

九郎は、無視である。そして毛づくろいを始めるのであった。

「お前、あんなもん何処で捕ってきたんや!?　マムシやったらどうするねん！　わしの話、聞いとんか！」

おじやんの怒りは収まらない。ブツブツ、小言を言い続けるおじやんを気にも留めず、ゴロンと横になって九郎は目をつむった。

「おじやん、また明日聞くよ」

あくる朝になっても、おじゃんは、九郎に話しかけなかった。

〝怒っているところを見せておかなくてはいけない〟そう思ったからである。

しかし、そんなおじゃんの思いとは裏腹に、九郎は朝食の支度をしているおじゃんの足に得意の〝スリスリ〟をしてくるのである。

無視をしても、すり寄ってきた。

まさに〝ゴマすり〟である。

「九郎、ゴマすっても、あかんぞ！　わしはまだ怒っとるんやで！」

そう言ったが、出来上がった朝食をテーブルの上に運ぶと、今度はテーブルに上って待っている。そのあどけない顔を見ていると、ついに根負けして、自分の朝食を九郎に分け与えた。

「もう知らんわ！」

そして、〝ムシャムシャ〟と美味そうに食べる九郎を見て、思うのであった。

「知らん間に、たくましくなったなあ」

それから幾日か経って、町の病院へ行って診察してもらう日が来た。

いつものように血圧を測り、心電図を取った。

しばらく待っていると、もう一度、診察室に呼ばれ、医師からは思わぬ言葉が告げられた。

「会津さん、今から紹介状を書くから、総合病院へ行って、一度、精密検査してもらってくださいね」

「えぇ？　先生、どっか悪いんですか？」

「はい、脈拍に異常がみられるし、会津さん何か自覚症状ないですか？」

「はあ、言われてみれば、最近、ふらつくことが、たまにあるけど、やっぱり何か関係あるんですか？」

「そうですねえ、とにかく検査結果が思わしくないので、早めに精密検査を受けてください、必ずですよ」

医師から、そう念押しされた。

「今から行けば受付はしてくれる」と言うので、そうすることにした。

紹介された総合病院で、診察の予約を済ませると、その後、町で買い物をし、家に戻るといつものように薪で風呂を沸かした。

暑い日だったので、すぐに風呂は沸き、おじやんは気持ちよく汗を流した。

しばらくして九郎が帰ってきた。

「お前はほんまによう遊ぶなあ、でも、もう少し、はよ帰ってこいよ！」

日々の日課となった小言を言うと、夕食の為に用意していた好物の刺身を九郎に分け与えた。

それから数日後、おじやんは、総合病院へ行き診察を受けた。

「会津さん、今日はどうやってここまで来たの？」

担当の医者から尋ねられた。

「はあ？　車ですけど…」

「ええ！」

「何で驚くんですか？」

「よう事故も起こさんと来れましたね？」

なぜなら、この時のおじやんの血圧は、血圧計の目盛りを振り切ってしまうほど高かったのである。

つまり、いつどうなってもおかしくない状態だった。

「よう考えたら、確かにいつもより、しんどかったなあ」

「会津さん、今日はもう家には帰れませんよ、入院してもらいますので」

そう、医者に告げられた。そして、おじやんは、すぐさま車椅子に乗せられ、緊急入院となった。

三人の子供に連絡を取ると長女の正美がすぐに駆けつけてきた。

「お父さん、どう？　大丈夫？」

「わしは元気やけど、医者の話では、よう分からんけど、しばらく入院になるそうや、詳しい事は検査結果が出てから説明してくれるみたいや」

「そう…、でも大きな病院やから大丈夫やわ！　それより何か要るものある？」

「とりあえず、腹が減った」

「はあ？　こんな時でもお腹減るんやね」

正美は少し安心した様子で、弁当を買ってきた後、入院の手続きを済ませてくれた。

「仕事があるから、一旦、帰るね」

そう言って正美は帰った。

その後、見舞いに来た一雄と貴子には、それぞれ入院に必要な物を全部用意してもらった。

夕方になって、おじやんと一雄、貴子の三人は、担当医師から病状についての詳しい説明を受けることとなった。

おじやんの病状は〝不整脈〟。いつ心臓が止まってもおかしくない。

このまま薬だけ服用していても病状は改善されないそうで、〝ペースメーカー〟なる物を胸に埋め込む手術を行うそうだ。入院期間は二週間程度と言われた。

「よく、今まで薬だけで何事もなく暮らしてこられたものだ」

医師からの説明を聞くにつけ、改めて思った。そして、命があることに感謝するのであった。

手術の具体的な日取りが三日後と決まり、一通りの治療についての説明が終わると、気掛かりなのは九郎の事であった。

そこで、娘たちに九郎の様子を見に行き、食事を与えてやって欲しいと頼んだ。

おじゃんは、自分の手術の事以上に九郎が心配なのであった。

「会津さん！　よくがんばったね！　分かりますか!?」

誰かの呼ぶ声と、天井の明かりが目の奥に射し込んで目が覚めた。

「ああ…手術が終わったんやな、これでしばらく生きられる」

おじゃんは、ぼんやりする意識の中でそう思った。

時間が経つにつれ、意識もはっきりとしてきて、同時に、なぜか亡くなった妻の八重のことや、子供たちが小さかった頃のことを思い返すのであった。

「こういう時は、楽しかった思い出がよみがえってくるんやなあ」

「………」

「そや！　九郎や、九郎はどうしてるんや!?」

おじゃんは急に、我に返ったように九郎のことが心配になったが、次の瞬間、無理に不安な気持ちを打ち消すように呟いた。

「いや、九郎のことや、わしがおらんでも何とも思ってないわ」

次の日、術後の診察を行う為、ベッドを訪れた看護師さんが声を掛けてきた。

「会津さん、気分はどうですか？」

可愛い看護師さんである。

「はい！　大丈夫です！」

おじやんは、酸素マスクの中から元気に答えた。

そして、うれしそうに血圧やら、何やら診てもらった。

「あんた、べっぴんさんやね！」

「そうでもないですよ」

「こんな可愛い看護師さんがおるんやったら、いつまでも入院しときたいわ！　ガハハ！」

おじやんは、可愛い娘に弱いのである。

三人の子供たちも交代で見舞いに訪れ、その甲斐あってか、日に日に元気になっていった。

一週間も経つと、自力で何でも出来るようになり、見舞いの子供達を、病院の玄関まで見送りに行けるようにもなった。

そして二週間が経過し、ようやく退院の日となった。

退院の日は、一雄と貴子が迎えに来てくれた。

「ありがとうな！」

こういう時は、やはり、子供たちの世話にならなくてはいけない。

一雄の運転する車が家の前に停まった。

久しぶりの我が家である。ずいぶん長い間、居なかったように感じられた。

「九郎はどこやろ？」

「九郎！　九郎！　どこにおるんや？」

おじやんが叫ぶと、家の裏から九郎が飛び出してきて、すごい勢いで、おじやんの足に顔やら体を擦り付けて喉を〝グルル、グルル〟と鳴らした。

「おじやん、どこ行ってたん？　心配したで！」

九郎はそう言ってるようであった。

「おお！　お前、元気にしとったか!?」

おじやんはすでに涙ぐんでいる。その様子を見ていた一雄と貴子は、大笑いしながら、荷物を家の中に運ぶと、食事の支度をして帰って行った。

その夜、九郎は畳の上で〝コロン、コロン〟と機嫌良さそうに伸びをして、おじやんが帰ってきたことをとても喜んでいるように見えた。

その様子を眺めながらおじやんも思った。

「また九郎と暮らせるんやなあ、平凡やけどこれが最高の幸せや」

ただ、以前と違って飲む薬が増えたことや、〝ペースメーカー〟が体に入ったことで、いろいろと注意しなければならないことがあった。

〝ペースメーカー〟は心臓に電気を送り、おじやんの脈拍を安定させる為の装置だそうで、便利だがデメリットもあった。

誤作動を防ぐ為、低周波治療器や電気風呂などには入れない。また、磁気を発生するような物は身に付けることは出来なかった。

「まあ、所詮、老人と猫の田舎暮らしや、誤作動を起こすような便利なもんは無いわ。それよりも、入院してる間、ほったらかしにしとった畑を何とかせんと」

〝ペースメーカー〟より、畑の方が心配で、おじやんは、さっそく退院してきた翌日から畑に出た。

気が付くと家の周りもすっかり秋めいてきた。

〝ペースメーカー〟の埋め込まれた左胸の辺りをかばうように、おじやんは伸び放題の雑草を抜き始めた。

一時間もすると作業を止めた。無理はせず、少しずつ体を慣らしていくことにした。

九郎は相変わらず遠くまで出かけては、鳩やネズミを持って帰ってくる。

「お前は、狩りだけは名人やなあ」

「これが、猫の仕事や！」

おじやんが皮肉を込めて言ってやっても知らん顔で、いつものように、畳の上で毛づくろいをするのであった。

秋へと季節が進んだある日の夜、寒くなってきたのか、おじやんが寝ていると、九郎が布団に潜り込んできた。

眠そうにうとうとしている顔も、また可愛い。

黒い毛は艶々している。

「立派なもんや」

おじやんは九郎の顔をじっと見ながら呟いた。

「九郎は良い子じゃ、良い子じゃ」

まるで人間の子供を寝かしつけるように撫でてやった。

「九郎の体も大きくなったから、明日は町へ出かけて、さらにひと回り大きな鈴を九郎に買ってやろう…」

そんな事を思いながら、眠りについた。

次の日、丁度、車検の時期が来ていた車を、馴染みの自動車屋に引き取りに来てもらい、代車を置いていってもらった。

慣れない代車の運転は、ぎこちなかったが、何とか町へ出て、九郎の新しい鈴を買った。

おじやんは、すぐに帰宅すると、さっそく買ってきた一回り大きい鈴を、九郎の首に付けてやった。

九郎は違和感があるのか、しきりに首を振ったり、足で掻いたりしている。

すると〝カラン、カラン〟と以前の物とは違って、低い大きな音がした。

「その方がええ！　大きいから、遠くに行くのは一苦労やろ!?　ガハハ！」

おじやんは少し勝ち誇った様子で、悪戯な顔をしてみせた。

「また余計な物、買ってきて！」

九郎は、迷惑そうな顔であったが、しばらくすると、〝カラン、カラン〟と音を鳴らして、出て行った。

朝晩が少しずつ過ごしやすくなって、いつの間にか、テントで賑わっていた川辺も、少し落ち着きを取り戻し、秋の気配が山里に漂っていた。

ある日、長男の一雄と嫁が回転寿司でテイクアウトした寿司を持って、訪ねて来た。回転寿司は、おじやんが一雄夫婦に〝三人前〟頼んでおいたのだ。

おじやんは、この回転寿司が大好きであった。

一雄の嫁は、利枝《りえ》と言って、一雄より五歳年下である。

利枝とは久ぶりに会うので、いろいろと近況を話したが、ほとんどの内容は、九郎の話であった。

「お義父さんの体には悪いかもしれへんけど…」

寿司を食べ終わると利枝がそう言って、赤ん坊のゲンコツを二つ合わせたようなシュークリームを出してくれた。

「美味そうやな！　ちょっとぐらい大丈夫や！」

おじやんは、ペロリと平らげてしまった。

「うまかった！」

「お義父さん、ところで九郎はどこにおるん？」

「ああ、九郎はなあ、この頃、自分の縄張りを広げたのか、パトロールが忙しなってなあ、一回出て行ったら、なかなか帰ってこうへんわ」

「そうなん、猫は気楽でええなあ、でも、お義父さんも心配やろ？」

「心配しても、しゃあないわ、暗くなったら必ず帰ってくるし、九郎からしたら、わしの方が心配ちゃうか！　ガハッハ！」

おじやんは、利枝といろいろ話が出来て、ご機嫌であった。

夕方になり、一雄夫婦は帰った。

「今日は風呂はやめじゃ！」

一人で納得して、軽い夕飯を済ませると、居間で〝ゴロン〟と寝ころんだ。

すると庭に何か気配を感じた。

「どうしたものか？」

覗いてみると、九郎と並んで、茶色の毛をした猫が居るではないか。

「おぉ！」

おじやんは、ビックリして九郎に向かって訊いた。

「九郎、その子はお前の友達か？」

九郎は一度だけ、おじやんに視線を向けた。

「邪魔せんといて！」

そう言いたげに〝二人の時間〟を楽しんでいるように見えた。

茶色の猫は、よく見るとメスで、首輪もしていて毛並みも良い。どうやら、どこかの家で飼われているようであった。

慣れているのか、手招きすると家の中にも入ってきた。おじやんは、猫缶を皿に盛ってやって話しかけた。

「あんた何処の娘？　ほれ、これ食べや」

しかし猫缶には目もくれず、しばらく家の様子を観察すると帰って行った。

「九郎も、なかなかやるのう！　もしかしたら、九郎の子が生まれるかもしれんなあ、でも、これ以上、猫が増えても困るで！」

勝手に想像を膨らます、おじやんであった。


瞬く間に時間は過ぎ、肌寒い風が古民家を吹き抜けて行った。もうすぐ晩秋である。

九郎は相変わらず、ネズミや鳩を捕まえては、家に持って帰り、食事をする。

いくらおじやんが注意をしても無駄だった。

食べ残した残骸は、おじやんが片付けなければならない。

おじやんにとって唯一、九郎の嫌いなところであった。

秋も深まり、コスモスの花がきれいに咲き誇っている。おじやんが種をもらってきて、撒いておいた菊の花も、美しく咲いてくれた。

畑の大根も、収穫の時期になってきた。

ある日、風呂の薪を配達に来た馴染みの業者が話しかけてきた。

「会津さん、奥さんが亡くなられて、寂しそうにしてましたけど、最近は何か元気になられましたね！」

「いや、うちには猫がおるからな、毎日、忙しいわ！　ガッハハ！」

「へえ、猫、飼ってるんですか！　それで以前と違って元気なんやね」

「そや！　ガッハハ！」

おじやんは、大きな声で笑った。

事実、九郎が居てくれるので、寂しさはなかった。

夕方になって、「カラン！　カラン！」と音を立てて九郎が帰ってきた。

「九郎、今日は寒くなるから、はよう家に入り！」

今日はめずらしく、何も咥えてはいなかった。

おじやんは、九郎が〝狩りに失敗した〟と思った。

「九郎、こんな日もあるで」

とりあえず九郎を励ましたが、おじやんの心中は非常に複雑であった。

翌日、おじやんは、〝ペースメーカー〟の調子を見てもらう為、病院へ行った。ついでに糖尿病の薬も貰った。

おじやんは〝ペースメーカー〟が入ったことで〝身体障害者一級〟の認定を受けているので、病院代は無料なのである。

町へ出たついでに、随分と寒くなってきたので、若草色の〝ダウンジャケット〟を買った。

「最近の服は、軽くて、薄いのに温かい、よう出来てるわ！」

感心するおじやんであった。

家の近所の川辺も、紅葉の最盛期の頃までは、釣り人やバーベキューを楽しむ人の姿を見る日もあったが、さすがに十二月ともなると、人の気配は、ほとんど無くなった。

「きれいな水を流しながら、冬の到来を待つだけ」

川がそう言っているように思えた。

ある朝、九郎が軒下でくつろいでいると、チラホラと雪が舞い始めた。

九郎は、天から降ってくる雪を、目を大きく見開いて凝視していた。

その眼は、まるで〝漆黒の水晶〟を思わせた。

「何と、美しい姿であろう」

傍でその様子を見ていたおじやんは、感動するのであった。

「九郎、寒いから家に入ろう」

しばらくすると九郎を抱き上げ、家の中のストーブの傍に下ろしてやった。

おじやんは、九郎が退屈そうに見えたので、オモチャを持ってきてやった。

プラスチックの棒の先に、鳥の羽根を付けたようなオモチャで、少し遊んでやったが、以前と比べるとあまり遊ばなくなった。

九郎も、もう子猫ではない。

箱には九郎のオモチャが一杯に入っている。

おじやんが町へ出る度に、一つずつ買ってくるので、箱は満杯になっていた。

「困ったのお、もうオモチャ要らんのか？　せっかく買ったのに、もったいない！」

おじやんは、一人でぼやくのであった。


古民家の二人暮らしは、平凡だが幸せな日々で、時の流れを忘れさせた。

そして、本格的な冬がやって来た。

雪が頻繁に降り積もるようになると、九郎はあまり外出しなくなった。

九郎がずっと家に居るので、ネズミが走り回らなくて良い。

また、畑の作物も、家の前に安心して置いておけるので助かった。九郎もたまには役に立つのであった。

おじやんがマッサージチェアに座りながら、テレビで時代劇を観ていると、胸の辺りに九郎が乗って来て、しばらくすると気持ちよさそうに眠ってしまった。

その顔が〝カワウソ〟みたいで、おじやんは、思わず笑ってしまった。

寒さがいっそう厳しくなった頃、おじやんは一日に二、三回、膝が〝ガクガク〟と震えるのを覚えるようになった。

最初の頃は膝が震えても、しばらくすると治まるので、あまり気にしてはいなかった。

しかし、しだいに膝が震える回数が増えてくると、さすがに不安になり、掛かりつけの病院へ行く事にした。

「先生、これ〝ペースメーカー〟の副作用やろか？」

「いや、たぶんそれは関係ないと思いますよ」

「他にどっか悪いんですか？」

「ここでは原因が分からないので、再度、総合病院へ行って検査した方が良いですね、もう一回、紹介状を書きますので」

掛かり付けの医者に、そう告げられた。

それから数日が経ったある日の朝、朝食を終えた瞬間、おじやんの足が今までになく〝ガクガク〟と激しく震えた。

「はよ、病院に行こ！」

おじやんは、本能的にそう思った。

しかし、震える足では車の運転は危険だし、その自信も無い。

「どないしよ、タクシー呼ぼか」

思案していた時、突然、大きな足の震えと激しい目まいに襲われた。

とっさにトイレだけは済ませようとしたが、トイレに行くにも何かにつかまらなくては行けない。さすがに異常を悟ったおじやんは、救急車を呼んだ。

「会津さん、危ないところでしたよ！　脳梗塞の一歩手前でした！」

総合病院のベッドの上で医者からそう告げられた。

おじやんは、またしても緊急入院となった。

その後、知らせを聞いた一雄と正美が、病院に駆けつけてきた。

夕方、おじやんと一雄、正美の三人は、以前入院していた時と同じ担当医師から、病状と手術の方法について説明を受けた。

〝ＭＲＩ〟なるもので調べた結果を、リアルな画像を見せながら説明してくれた。

それによると、頸動脈の、一部分が詰まっていて、脳へ送られる血流に支障をきたしていたらしく、おじやんの膝の〝ガクガク〟は、これが原因だったようだ。

しかし、原因は分かったが非常に難しい手術になるそうで、頸動脈を切って、詰まっている箇所を取り除くだけでも簡単ではない。

加えて、手術が成功し、血流が正常に脳へと流れ出した時の脳への負担がどの程度あるか、これが非常に問題であった。

いわば、〝ダムによってせき止められていた水が、いっきに放出されるような状態〟と説明された。

おじやんの脳は、ここ数か月、少ない血流に慣れていた為、皮肉なことに、いっきに正常な血流に戻るとおじやんの脳がどうなるか、医者も分からないらしく、「最悪は、半身不随等の後遺症が残る可能性がある」とのこと。

しかも、すぐに手術しなければ、頸動脈に詰まっている〝モノ〟がいつ流れて、脳の血管を詰まらせるか分からない。

それこそ脳梗塞のリスクもある為、あれこれ考える時間は無かった。

結局、手術は十時間にも及び、手術後は集中治療室で完全看護状態となった。

おじゃんが心配していた九郎の世話は、正美と貴子でまかなった。

貴子は食事を与えながら、九郎に話しかけた。

「九郎、今な、おじゃんが大変やねん。寂しいやろうけど無事に帰ってこれるよう、アンタも祈ってな」

そして頭を優しく撫でてやった。

「ミャ〜」

九郎は一度だけ鳴いて、その顔はどこか不安そうであった。

その後、一週間を集中治療室で過ごしたおじゃんは、ようやく一般病棟へ移ることが出来た。

集中治療室にいたおじゃんは、麻酔で眠らされていたので、面会に来た子供たちは、おじゃんの顔を見るだけであったが、今は意識も戻り、首の手術跡が痛々しかったが、少しずつ元気を取り戻し、食事も摂れるようになっていた。

術後の経過は驚くほど順調で、心配された脳への影響や後遺症の心配も取り敢えずは無かった。

「退院したら、一緒に御飯でも行こか？　おごるで、ガッハハ！」

看護師にそんな冗談も言えるくらい、順調な回復を見せた。

こうなってくると、やはり心配なのは、九郎のことであった。

世話を頼んだ正美と貴子から、その都度、九郎の様子を聞かせてもらってはいたが、心配で仕方なかった。

「はよ、退院せな！」

しかし、はやる気持ちを抑えながら、今は、回復に努めるしかなかった。

そして一か月が過ぎ、ようやく退院の日となったのである。

退院の日、一雄夫婦が迎えに来てくれ、山のように沢山の薬と共に、久しぶりに我が家に帰ってくることが出来た。

山里の風景は入院前と何も変わらなかった。

一つだけ変わったのは、しばらくの間、歩く時に杖が必要になったことだ。

手術による体へのダメージがまだ残っているのと、入院生活でまともに運動が出来ず、特に足の筋力が衰えていた為である。

「負けたらあかん！」

それでもおじやんは、自分にそう言い聞かせ、庭を歩き始めた。

その時、「カラン！」と鳴って九郎が現れた。九郎は小走りにおじやんに近づくと〝スリスリ〟をして、喉を思いっきり鳴らした。

「グルウ！　グルル！」

「おぉ！　九郎、久しぶり！　元気やったか？」

おじやんが、顔や頭を両手で撫でまわすと、今度は地面に横になってパタン、パタンと左右に転がった。

「おじやん、大丈夫か？　心配したで！」

そう言って、九郎も久しぶりの再会を喜んでいるのだ。

退院後は、三日に一度しか風呂は焚かなかった。

また、風呂に入る時は、携帯電話を脱衣所に置き、何かあったらすぐに救急車を呼べるように用心した。


雪が積もった家の辺りは、静かな銀世界が広がっていた。

雪が積もっても、相変わらず九郎は、パトロールへ出かけた。九郎が外出すると、おじやんは、いつもに増して寂しかった。

「わしが手術したいうのに、あいつは心配とちゃうんか！」

おじやんは、一人ごねたりした。

「会津さん、どないですか？　無理せんようにしてくださいね」

逆に、たまに村の人が回覧板などを持ってきては、ねぎらいの言葉を掛けてくれるのが、とてもうれしかった。

降り積もった雪が少し解け始めたある日、正美夫婦が、〝エアロバイク〟なる物を持ってやって来た。思うように散歩に行けなくなったおじやんの為に、運動不足解消の一助になればと購入した物であった。

「重たいから、気をつけてよ！」

そう言いながら、正美夫婦が二人がかりで、ようやく部屋の中に運んで、リビングに設置した。

「お父さん、これリハビリに毎日、無理のない程度に乗ってみて」

「これやったら、テレビ見ながらでも出来そうや！　ありがとう！」

おじゃんも、正美夫婦の心遣いが、うれしかった。

さらに、正美が三人分の弁当を作ってくれていたので、それを御馳走になりながら、いろいろと話した。

正美の夫の名は、良一《りょういち》と言って、歳は正美の二つ上の五十歳である。

仕事はサラリーマンだが、稼ぎはそこそこあるようで、その分、忙しいのか、なかなかおじゃんの家には来ることがなかった。

「お義父さん、猫との暮らしはどうですか？」

「まあ、いろいろと楽しませてくれるわ！　ガッハハ！」

「そうですか、でも、何かあっても猫では何も出来ないから十分、気を付けてくださいね」

「分かってる…」

「ところで良一君、仕事は相変わらず忙しいか？」

「そうですね、おかげさまで」

そんな感じで良一と久しぶりに近況報告をし合った。その後、二人は夕食と風呂の準備をして帰って行った。

今日は退院後、はじめての検診である。

手術をしてからというもの、車に乗るのは久しぶりで心細かったが、買い物もしなくてはいけないので、そうも言ってられなかった。

おじやんは、勇気を出して雪の残る道路へ車を走らせた。全神経を運転に集中させ、何とか全ての用事を済ませて、無事に家に帰ってくることが出来た。

「ああ！　疲れた！」

思わず声が出た。

これからもこんな調子で買い物に行かなくてはいけない。そう思うと気力が無くなっていくのであった。

ただ、検診の結果、術後の容体に異常が無かったのだけは救いであった。

夕方になり、すっかり日も落ちて暗くなった頃、「カラン！」と音を立て、九郎が帰宅した。

「九郎、お帰り」

振り向くと、おじやんはびっくりした。

何と〝白黒の猫〟が九郎と一緒にいるではないか。

前に九郎が連れてきた猫とは違って、一目で野良猫と分かる風貌である。

「どちらさん？」

その〝白黒〟に向かって声を掛けてみた。

今度は逆に、その声に驚いたのか、〝白黒〟は慌てて家から飛び出して行った。

九郎は、知らん顔で毛づくろいをしている。

「さっきの〝白黒〟お前の友達やな？」

これにも知らん顔なのだ。

「まあええわ、それより今日は病院へ行った帰りに刺身を買うてきたんや、二割引きやってな、お前の分もあるから、お食べ」

夕食の準備をしながらおじやんが刺身を出すと、これにはすぐに反応し、九郎は跳んできて匂いを嗅ぐと、美味しそうに食べた。

「ほんま、猫いうのは、気まぐれなもんやな！」

おじやんは苦笑した。

次の日、朝食の支度をしていると、あの〝白黒〟がやって来た。何と厚かましくも、九郎専用の戸を押し開けての不法侵入である。

さらに、見つめているおじやんを警戒しながら、九郎の朝御飯を食べ始めた。

「なんやコイツは！　コラ！」

さすがに驚いたおじやんが、すぐに制止しようとしたが、よほど腹が減っているのか、引き下がろうとしない。

その姿が急に哀れになってきたおじやんは、しばらく様子を見守ることにした。いつの間にか九郎もやって来ていた。

「今日だけやで！」

そして、そのまま黙って食べさせた。すごい勢いで食べた。

その〝白黒〟は、食べるだけ食べると、すぐに消えた。後を追うように、九郎も出て行った。

「まるで〝ゲリラ〟みたいな猫やな！」

おじやんはそう思ったが、九郎の友達だと思うと腹は立たなかった。

「よし！　名前付けたろ、〝ゲリラ〟に決まりや！」

おじやんは、一人でご機嫌であった。

雪の降らない日が続き、黒い土が顔を出して、春の到来を告げているかのようであった。

朝食を済ませると、おじやんは長靴を履いて、杖をつきながら散歩に出かけた。

最近は杖を突くのも、すっかり慣れてきたのである。

家のすぐそばに雑木林がって、その中を歩くのが、いつもの散歩コースである。

僅か数十メートルで雑木林は終わるが、その中には、おじやんが作った〝獣道〟が出来ていた。

いつもの〝獣道〟を歩いていると、「カラン、カラン」と音がした。

「九郎かな?」

音のした方へ少し歩いて覗いて見ると、何と数匹の猫が群れていた。
七、八匹はいるだろうか、しかも、一段高くなった岩場には、九郎がいるではないか。
その様は、まるでこの集団の〝リーダー〟のような立ち位置である。

他には、いつかのメス猫や、あの〝ゲリラ〟も座っていた。

「猫の集会やな!?」

おじやんは、しばらく息を殺して覗いていたが、我慢出来ずに、思わず声を出してしまった。

「九郎！　何しとるん？」

その声に驚いた猫たちは、いっせいに逃げ出してしまった。

九郎まで一緒に居なくなってしまった。

「しもた！　見るだけにしとったら良かった！」

時すでに遅し、猫は一匹もいなくなっていた。

おじやんは杖を突き、適当に散歩を終えて家に帰ると、九郎が一足先に帰宅していて、カーペットの上に寝そべりながら毛づくろいをしていた。

「見たぞ～」

そう言いながらおじやんは、九郎を指先で突っついた。

「余計なこと、せんといて！」

九朗は、〝集会〟の邪魔をされたことに怒っているのか、無視であった。

その後、あの〝ゲリラ〟について、おじやんは興味が湧き、いろいろと調べてみた。おじやんの家から二百メートルほど離れた先に五軒ほど家がある。どうやら、そのどこかの家でエサをもらっているようであった。

九郎もそれに気付いたようで、家にゲリラがやって来て、自分のエサを食べようとすると、最近は、「ガアー!」と声を出して怒った。

「お前は人にご飯をもらっているのだから、もうおじやんの家には来るな!」

九郎がそう言っているように思えた。

「九郎の友人関係が悪化するのでは?」

おじやんは、何だか切ない気持ちにもなったが、ふと思い直した。

「これも自然の掟みたいなもんやから、仕方ない」

雪解け水で川は少し水嵩を増したが、相変わらず美しい流れを維持している。

その川辺には、ピンクの花が一斉に咲き誇り、厳しい寒さに耐えた桜が、誇らしげにその姿を今年も見せてくれている。

少し暖かくなった頃、おじやんの〝病院めぐり〟が始まった。

総合病院、歯医者、眼医者、掛かりつけの病院、どれも車を運転しなくては行く事が出来ない。

以前に比べると格段に疲労が伴う。加えて畑仕事もあった。

年老いての一人暮らしは、つくづく大変だと思ったが、何とか自分を奮い立たせた。

「生きていかなあかんしな」

「今度、検診で町へ出たら、農協で野菜の種を買ってきて植えよか…」

そんなことを思いつつ、冬の間にすっかり荒れ果てた畑を少しずつ耕していった。

ある日の午後、畑に〝イノシシ除け〟の柵を作っていると、あの二百メートルほど先にある家のご婦人が訪ねてきた。

「会津さん、ちょっといいですか？」

「何やろ？」

「あのね、うちの家のガレージに、お宅の猫が三匹の子猫を産みつけたみたいやねんけど」

何やら、とても怒った様子であった。

「そんなん、突然、言われても知らんで！」

おじやんは、不意の問いかけにそう答えた。

「子猫は、黒い猫ばっかりやから、会津さんとこの猫が親とちゃいますか!?」

さらにご婦人が声高に言ってきた。

「確かにうちの九郎は黒いけど、それだけでは何の証拠にもならんやろ！　しかも九郎はオスやで！」

おじやんも応戦した。

「会津さん、あくまで知らんいうことやね？　ほんならもうええ！　山に捨てて来るから！　後で文句言わんといてよ！」

「奥さん、ちょっと冷静になってください、この辺は田舎やから、いくらでも野良猫は居ますよ！」

この時、思わず〝ゲリラ〟のことを口走りそうになったが、踏みとどまった。

「ほんなら、やっぱり会津さんとこの猫は関係ないと言いたいんでしょう？」

「それはわしにも分からんけど、とにかく冷静に話しませんか？」

「私は冷静です！」

「まあ、とにかく責任逃れをするつもりは無いですよ、ほんまにうちの九郎の子やったら、ちゃんと引き取りますがな」

「じゃあ、お願いしますよ」

「いや、だからね、もう少し詳しく状況を聞いて判断せんと」

「もういいです！　私、猫は嫌いやねん！」

おじやんが冷静に話し合いをしようとしたが、その努力も空しく、ご婦人は、そう言って帰ってしまった。

「いきなり来て、何ちゅう失礼なオバハンや！　気悪いのお！」

今度は、おじやんが怒り心頭であった。

「しかし、子猫は可哀想やなあ、もしかしたら九郎の子かもしれんしなあ…」

不安がよぎった。

夕方になって、おじゃんが風呂の支度をしていると、九郎が帰ってきた。

いつものように、おじゃんの足に〝スリスリ〟すると、お菓子の猫用のジャーキーを美味しそうに食べ始めた。

「九郎、今日な、〝失礼なオバハン〟が来て、自分の家にお前が子猫産んだって言うてきたんや、お前知らんか？」

無視である。

「わしも、お前はオスやし、産むはずない！　て言うたけど、でも、お前の子かもしれんぞ？　その可能性も否定は出来んぞ」

そう言われた九郎は、おじゃんをじっと見て、しばらく視線を離さなかった。

「何や、やっぱりお前の子か？」

もう一度、聞いてみたが、すぐにいつもの知らん顔でお菓子を食べ始めた。

「俺も、よう分からん」

九郎は、そう言いたげであった。

「まあ、考えても仕方ない、なりゆきに任せよ」

そう言っておじゃんは風呂場に入って行った。

その後、あの〝失礼なオバハン〟が来ることはなかったが、おじゃんは時々、気になるのであった。

「子猫はどうなったか…」


心地よい風がカーテンを揺らし、過ごしやすい朝であった。

おじやんは、風呂の薪で蒸しておいたサツマイモを朝食代わりに食べた。

九郎は、いつもの日課である自分の縄張りの〝パトロール〟へ出かけて行った。

今日は病院へ行って〝ペースメーカー〟の検診の日である。

いつものように安全運転をしながら病院へ到着すると、さっそく心電図を取った。

「会津さん、調子良さそうですね、この分でしたら、あと四年は大丈夫でしょう！」

医師から嬉しい言葉をもらった。

その後、一人で回転寿司屋に入り、大好物の寿司を久しぶりに腹一杯食べた。

「うまかった！」


季節は流れ、山里のあちらこちらで田植えの準備が始まった。田には水が入り、あとは苗が植えられるのを待つばかりである。

ある夜、いつもより九郎の帰りが遅い。

「あいつ何しとんかな？　縄張りでも広げに行っとるんかな？」

おじやんがそんな風に考えていると、突然、気配がして振り向くと九郎がいた。

「あれ、お前、鈴はどうした？　音がせえへんかったぞ？」

さらに、よく見ると九郎は泥だらけであった。

「どないした？　これは、タオルで拭いてもあかんがな！」

おじやんは九郎の首根っこを摑むと、台所に連れて行き、湯沸かし器のお湯で体を洗ってやった。

「さてはお前、キツネにでも追いかけられたか？」

いつもならおじやんの問いかけには答えない九郎だが、今晩は珍しく弱々しい声で、

「ニャー、ニャー」とおじやんの目を見ながら答えた。

「マジでやばかった！」

「図星やな、お前も気を付けてくれよ、パトロールも程々にせなあかんで！　お前より強い動物は、いっぱいおるんやで」

おじやんは、元気のない九郎を慰めるのであった。


「会津さん、お待たせしました」

そう呼ばれて受付に向かった。

「安全運転でお願いしますよ！」

そう言って渡されたのは、新しい運転免許証である。

今日は、運転免許の更新に来ていたのだ。

おじやんは、現在七十六歳、今回は何とか免許更新にこぎつけたが、「次はどうなるか、

わからんなあ」というのが正直な感想である。

運転免許試験場を出る頃には夕方近くになっていた。

今日は免許の更新で少し遠出をしていたので、普段はあまり寄らないスーパーで買い物をする事にした。すると好物の刺身が〝二割引き〟になっていた。

「ラッキー！」

おじやんは、思わず心でそう叫ぶと、すぐさま二パック買った。

帰宅すると、風呂を沸かすのは止めにして、さっそく晩御飯の準備をし、好物の刺身を並べた。

おじやんは週に一度だけビールを飲むが、今日がその日である。

「ゴクッ、ゴクッ」

喉をならしながら晩酌をしていると、九郎も帰ってきた。

「九郎！　ちょうどええとこに帰ってきたな」

そう言うと刺身を分け与えた。

しばらくして、かるい酔いが回ってきたおじやんは、九郎を相手にああでもない、こうでもないと愚痴を言いだした。

迷惑なのは九郎である。

「せっかくの御馳走も、これだけ愚痴を聞かされては美味しくない！」

九郎がそんな顔をしていると、さらにからんできた。

「九郎！　その顔がいかん！　だいたいお前は…」

「はよ食べて、寝てしまおう！」

九郎はそんな表情を浮かべるのであった。

やがて、酔っぱらったおじやんは、眠気が来て、布団に入った。

ふと見ると、九郎も疲れていたのか、いつもより早く床に入り、スヤスヤと気持ち良さそうに眠っている。

その顔は、まるで〝疲れたカワウソ〟のようであった。

「静かやな…、今日も一日、わしも九郎も無事に過ごせてありがたい」

〝ほんのささやかな幸せとは、こういうことを言うのだ〟

そんなことを思いながら、いつのまにか大きな〝イビキ〟と共に夜がふけていった。


〝五月晴れ〟の気持ちのいい朝であった。

今日は、絶好の洗濯日和である。

おじやんは、一週間に一度しか洗濯をしない。「年寄りの一人暮らしでは、これぐらいでも十分」と勝手に自分に言いかせているのである。

洗濯物を干していると電話が鳴って、頼んでいた〝お米〟を持って、長女の正美夫婦が来ることになった。

「掃除くらいしとこか」

そう思って頑張っていたが、途中で止めてしまった。

「年寄りの一人暮らしや、あんまりきれいにせんでもそんなに散らかってないわ！」

そうこうしていると、「カラン！、カラン！」といつもより鈴を激しく鳴らして、九郎が帰ってきた。

何やらいつもとは様子が違っていて、息を切らして、体全体で大きく呼吸をしているし、表情もこわばっている感じが見てとれた。

「九郎、どうしたんや？　今度はイノシシにでも襲われたんか⁉　そやろ⁉」

おじやんは、そう言いながら九郎が入ってきた窓から家の外を見たが、何もいない。

九郎は窓の外を凝視しているだけで、何も答えない。

だが、おじやんは九郎が何かに襲われたことを、その様子から確信出来た。

やれやれである。

「どうも最近のお前は遠出をしすぎとるぞ！　わしと一緒に散歩する程度にしとけ！　分かったか⁉」

おじやんは、いつになく激しい口調で言い放った。

「おじやん、ゴメン…」

九郎は背中を丸め、そう言っているようであった。

それだけ九郎のことが心配で仕方がないおじやんなのである。

せっかくの気持ちの良い朝も、九郎のせいで、おじやんは少し不機嫌であった。

しかし正美夫婦が昼食とお米を持ってやってくると、気が晴れるのであった。

おじやんは、お米が無くなると、いつも正美に頼んだ。正美の知り合いに安く譲ってくれる人がいて、ついでに精米もしてもらう。

正美夫婦が用意してくれた昼食の弁当を、三人で食べていると、自然に九郎の話題となった。

「お義父さん、何で〝九郎〟っていう名前にしたんですか？」

良一が聞いてきた。

「わしな、平清盛が好きやねん、ほんでな義経はもっと好きでな、義経には他に仮名《けみょう》というのがあってな、それが〝九郎〟やねん。そこにきて、色が黒かったから〝九郎〟となった訳や！」

おじやんは得意げに話していたが、今度は、頼みもしないのにノートを出してきた。

「話は変わるけど、わしな、こないだ一句詠んだんや、聞きたいやろ？」

〝ガラス越し　猫が居眠る　春ホッホ〟

「どや？　ええやろ？」

誰も答えない。

「まだ他にも詠んだんや！」

〝春がすみ　農夫の姿　あぜにあり〟

「何やら前にも聞いたことがあるような」

正美はそう思ったが、取り敢えずおだてておいた。

「お父さん、すごいね！」

「ノートに何か書くというのは、認知症予防にもなるからな！　ガッハハ！」

おじやんは上機嫌である。

それから正美夫婦は夕食の下準備をして帰って行った。

九郎は、やはり何か身に危険があったのか、珍しく一日中、家の中に居るのであった。


少しずつ日差しが強くなってきて、蒸し暑さが体にこたえるようになってきた。もうすぐ本格的な夏の到来である。

「熱中症に気を付けて、無理せんようにボチボチいこか、前みたいになったらアカンからな」

おじやんはこのところ体調も安定していたので、畑に出るようになっていたが、以前、畑の周りの草刈りをしていて、熱中症で倒れたことがあった。

その時は、すぐに気付いた八重が救急車を呼んで事なきを得たが、今はその八重もいない。

山里での畑仕事は大変である。害虫も駆除しないといけない。無農薬で作る為の工夫をし、イノシシやキツネからも畑を守らなければならなかった。

それでも、おじやんは用心して畑に出た。

子供たちの喜ぶ顔見たさに、野菜を作るのである。それは今も昔も変わらない。

やがて一日、一日と季節は真夏へと向かっていた。川の水は清らかで、さらさらと流れいく。

この頃になると、〝夏休み〟ということもあってか連日、家族連れで町の人たちがやって来て、テントを張り、バーベキューを楽しむ光景が見られる。

おじやんの家の近くまで〝探検〟をしに子供が来ると一言、注意も忘れなかった。

「マムシがおるから、気をつけや！」

九郎は、〝あの日〟以外は、やはり日課のパトロールに出かけた。

ただ最近、少し様子が違うのは、食事の際にやたら食べるのである。

「最近よう食うな、太るぞ」

最初は、茶化していたおじやんであったが、十日間ほど続いた頃、さすがに疑った。

「これはおかしい、何かあるな？」

ある日、おじやんは九郎に向かって訊いてみた。

「さてはお前、外に子供が居るな？」

「知らんわ」

「まさか、前にあの〝失礼なオバハン〟の言うとった、子猫ちゃうやろな？」

猫は、飲み込む力の弱い〝赤ちゃん猫〟に食べさせる為に、一旦、母猫が自分の胃で消化させ、柔らかくなったところで吐き出し、食べさせる、という習性があるそうだ。雄である九郎が、それをするかどうかは分からない。

　しかし、あくまでもおじやんの想像ではあるが、いろいろと考えを巡らせた結果、〝子猫〟が出来たと考えるのが、一番つじつまが合った。

「母猫はどうしているのか？　子猫は何匹いるのか？」

　九郎に聞いてみるが、当然答えない。当たり前である。

　しかし、三日後、九郎の〝大食い〟は無くなった。

「やはり子猫が居るな、少し成長して人間でいうところの離乳食から普通のご飯が食べれるようになったんやろ？」

　おじやんはそう確信した。

「九郎、家に連れてこい、一緒に育ててやるから」

　一応、九郎に言ってはみたが、寝そべって、おじやんの言葉など聞こえない素振りで、毛づくろいをしている。

「ちゃんと面倒みとんかな？　こいつ身勝手やからなあ」

　一人で勝手に心配するのであった。


　幾日か経って、今日は朝から検査の為、総合病院を訪れていた。

　血液と尿の検査である。二時間ほど掛かったが、検査結果は後日分かるので、病院内の食堂で、昼食を済ませて帰ることにした。

料金受取人払郵便

新宿局承認

2523

差出有効期間
2025年3月
31日まで
（切手不要）

郵便はがき

160-8791

141

東京都新宿区新宿1－10－1

（株）文芸社

愛読者カード係 行

ふりがな お名前		明治 大正 昭和 平成 年生 歳
ふりがな ご住所	□□□-□□□□	性別 男・女
お電話 番号	（書籍ご注文の際に必要です）	ご職業
E-mail		
ご購読雑誌（複数可）		ご購読新聞 新聞

最近読んでおもしろかった本や今後、とりあげてほしいテーマをお教えください。

ご自分の研究成果や経験、お考え等を出版してみたいというお気持ちはありますか。

ある　ない　内容・テーマ（　　　　）

現在完成した作品をお持ちですか。

ある　ない　ジャンル・原稿量（　　　　）

書　名				
お買上 書　店	都道 府県	市区 郡	書店名 ご購入日	書店 年　　月　　日

本書をどこでお知りになりましたか?
1.書店店頭　2.知人にすすめられて　3.インターネット(サイト名　　　　　　　)
4.DMハガキ　5.広告、記事を見て(新聞、雑誌名　　　　　　　)

上の質問に関連して、ご購入の決め手となったのは?
1.タイトル　2.著者　3.内容　4.カバーデザイン　5.帯
その他ご自由にお書きください。
(　　　　　　　　　　　　　　　　　　)

本書についてのご意見、ご感想をお聞かせください。
①内容について

②カバー、タイトル、帯について

弊社Webサイトからもご意見、ご感想をお寄せいただけます。

ご協力ありがとうございました。
※お寄せいただいたご意見、ご感想は新聞広告等で匿名にて使わせていただくことがあります。
※お客様の個人情報は、小社からの連絡のみに使用します。社外に提供することは一切ありません。

「ここの飯、意外に美味いなあ！」

それから、最近、新しく出来たというスーパーに行ってみた。

鮮魚コーナーに行くと、ツバスがパックになって安かった。

「よし、これに決めよ！」

九郎と分ければ丁度良い量であった。

昼前、家に帰ると珍しく九郎が居たので、一応、話しかけた。

「九郎、今日は御馳走やから、あんまり出歩いたらあかんぞ！」

しかし、おじやんの足に〝スリスリ〟だけして、すぐに出て行った。

夕方、一雄から電話があった。

「親父、明日そっちに行くから、何か要るもんある？」

しばらく考えて。

「ほな、〝ピザ〟二人分、買うてきて」

一雄は少し驚いて、聞き返した。

「はあ？　そんなもん食うて大丈夫か？」

「知らんけど、久しぶりに食うてみたいねん、頼んだで！」

そう言って電話を切った。

外が薄暗くなった頃、九郎が帰ってきた。

九郎は、ソファに横になっていたおじやんの傍に来て、何やら噛んでいる。

ウトウトしていたおじやんが、ふと気配に気付き見てみると、何と、ツバメである。ツバメはすでに死んでいた。

「お前、何ということをするんや！　これは国の宝やで！」

おじやんは、大きな声で叱った。

無残な姿になったツバメは、よく見ると、まだ子供であった。おそらく巣から落ちたのを、九郎が捕まえたのであろう、猫の習性とはいえ、何だか切ない。

「お前、生き物を無駄に殺生したらいかんぞ！」

さらに叱ったが、まったく聞いていない。

「俺、本能に従っただけや」

そう言いたげに、肉球をきれいに舐め回しているのであった。

その後、ツバメは家の裏の見晴らしの良いところへ埋めてやった。

日が落ちると、外は心地よい風が吹いていて、網戸越しに家の中にも吹き込んだ。

「御馳走はまだ？」

九郎がそんな様子でテーブルの上で待っている。

おじやんはビールを飲んでほろ酔いになり、好物のツバスを、九郎と二人で平らげた。

あくる日、一雄が約束のピザを持ってやって来た。

おじやんは、ペースメーカーを胸に埋め込んであるので、電子レンジが使えない。そこで一雄が代わりにピザを〝チン〟して持ってきた。

「あんまり食べ過ぎたらあかんで」

一応、忠告だけはした。しかし、おじゃんはすごい勢いで完食した。

「久しぶりに食べたら、美味いわ！」

人の言う事を聞かないのは、九郎とよく似ているのである。

ピザを食べ終えて、コーヒーを飲んでいると一雄がおもむろに切り出した。

「親父、ここを引き払って介護施設に入らへんか？　この前な、兄妹でも話し合ったんや、ここに居ても、いざと言う時にお互いに困るやろ？」

おじゃんは答えなかった。

「今すぐ答えを出さんでもええけど、考えといて欲しいねん」

一雄の言うことはよく理解出来る。今までも、それを考えないでは無かったが、まだ早いと思いつつ、毎日が過ぎていた。

病院へ通院したり、買い物もあって、車を運転しなくてはならない。今は良いが、いずれ車が運転出来なくなると、ここに居ては子供たちに逆に迷惑が掛かる。その気持ちも一雄に伝えた。

「取り敢えず、こっちの気持ちを伝えにきただけやから、今日はこれで帰るわ」

一雄は複雑な面持ちで、そう言った。

一雄が帰る時、畑で取れた野菜を持たせた。

「また返事、聞かせてな」

一雄はもう一度、そう言って帰って行った。

夕方になり、珍しく九郎と一緒に外に出た。夕日に映えて、九郎の黒い毛が光っていた。

「見事やなあ！」

そう言うとおじやんは、九郎を抱き上げた。

そして互いに頬ずりをしていると、とても可愛くて仕方がない。

木立のささやきと、澄んだ川の水が流れる音が美しく調和し、山里は暮れていった。

晩夏の朝は涼しい風が舞い込んで、散歩に出かける意欲を持たせてくれる。

最近なぜか、九郎が一緒に付いてくることが増えた。とは言っても犬とは違い、〝勝手気ままに動き回っている〟と言うのが正解で、いつの間にか居なくなる事も多かった。


ある日、市役所からの郵便が届いた。見てみると何やら身体障害者の等級について〝医師の診断が必要〟とのことであった。

数日後、掛かりつけの医師の診察を受け、診断書を市役所へ提出した。

「後日、お知らせが届くと思います」

市役所の係からは、そう告げられた。

朝晩はだいぶ過ごしやすくなったものの、ここのところの連日の猛暑で、おじやんは、バテ気味であった。

「今日は外に出んと、録画したやつ、三本続けて見たろ！」

朝食の準備をしながら、気合いを入れた。

おじゃんは、若い頃から映画が大好きで、映画館にもよく通った。年を取り、田舎暮らしになって映画館からは足が遠のいたが、家で時代劇や西部劇をはじめ、いろんなジャンルの映画を観るのを楽しみにしていた。

そんなおじゃんの為に子供たちが〝還暦〟のお祝いにと、五十型の液晶テレビとスピーカーを買ってくれ、さらに衛星放送まで受信出来るようにしてくれていた。

それをおじゃんは〝ホームシアター〟と呼んでいたのであった。

朝食を済ませると、録画しておいた時代劇を自慢の〝ホームシアター〟で観る準備を始めた。

その時、「カタン！」とポストに郵便が届いた。映画を見てからでも良かったが、市役所からの連絡が気になっていたおじゃんは、郵便受けに手を伸ばした。

案の定、市役所から「お知らせ」なる物が届いた。

「ええ！」

読んでみて愕然とした。

今までおじゃんは、身体障害者一級として認定されていたのが、今回の通知によると、一気に四級まで下がる、とされていたのである。

ペースメーカーこそ入っているが、自分で車を運転し、自力で歩行し、トイレにも行ける。

要は一人で何でも出来るおじやんは〝四級が適切である〟との判断が、医師から下されたようだ。

だが、これは一大事である。一雄にすぐに電話をした。

「今まで無料やった医療費が今度から一割、負担せんとあかん！　わし二つも三つも病気が増えとるから、これでは金が続かん！」

「そうか、話は分かった。一旦、兄妹で相談してみるから、ちょっと待っといて、また連絡するから」

一雄は、おじやんから一通り状況を聞くと、そう言って電話を切った。

あくる日、掛かりつけの医師にも相談に行った。

「今の会津さんを、身体障害者一級に認定したら、私が公文書偽造で逮捕されますわ」

医師からは、今回の判断は、あくまでも〝適切〟であると告げられた。

病院を出たあと、昼食にパンだけ買った。

回転寿司など贅沢で、食べていられなくなった。おじやんは、ひどく落ち込んでしまった。

家に帰りパンを食べると、すぐに横になって眠った。

夕方近くまで眠っただろうか、ふと目を覚ますと、九郎が〝招き猫〟のように座って、おじやんを見ていた。

「九郎、わしの気持ちが分かるか？」

力なく話しかけた。

「おじやん、可哀想やな、元気出しよ！」

九郎は励まそうと、おじやんの顔に〝スリスリ〟してきた。

「お前は、ほんまに良い子やのお」

九郎は、喉を〝グルル〟と鳴らして、じゃれてきた。少し癒されるのであった。

三日後、一雄から連絡があった。

「週末に嫁はん連れてそっちに行くわ」

「何やろ？　夫婦で来るて、珍しいな？」

「まあ、詳しい話はその時にするわ」

おじやんは違和感を覚えたが、すぐに息子へのお土産を見に、畑へ出かけた。

「トマト、キュウリ、それからナスビも採って、持たせたろ」

土曜日の昼前に一雄夫婦がやって来た。手には巻き寿司を沢山持っている。

「さあ、上がって！」

おじやんは声を掛けた。

三人はテーブルに座り、一雄がコーヒーを作った。

コーヒーを飲みながら、おじやんが切り出した。

「今日はどないしたんや？　この前の返事か？」

「いや、今日は、そっちとちゃうねん。親父、この前、身体障害者の等級が下がって、医療費を払うのが苦しいって言うてたやろ？　その件や」

おじやんは一雄に言った。

「その話はもうええ、何とか節約しながら頑張るから」

おじやんの言葉を遮るように一雄は続けた。

「妹達とも話し合ってな、結論から言うと、毎月、一万五千円を、各自、親父に仕送りしようということになったんや」

これにはおじやんも面喰らった。

「毎月、三人で四万五千円もしてくれるんか？」

「そや、それで医療費や他の生活費の足しにはなるやろ？　九郎の面倒もみれるし」

「いや、それに甘えることは出来ん、九郎と何とか節約してやっていくから」

「まあそう言わんと、施設に入ってると思えば、それ以上は掛かるし、〝親孝行したいときに親はなし〟って昔から言うやろ？　妹たちも納得してることやから」

おじやんは下を向いて、タオルで顔を隠した。泣いているのである。

それを見た一雄と利枝も涙ぐんでいる。

「すまんなあ、ありがとう、お前たちもそれぞれに生活があるのに…」

これだけ言うのが精一杯であった。子供たちの真心が嬉しくもあり、また、申し訳なくもあり、複雑な心境であった。

それから、三人で巻き寿司を食べた。利枝とも、久しぶりにいろいろと話した。

「今日は夜勤があるから、また来るわ」

しばらくして、一雄夫婦はそう言って帰って行った。

その後、おじやんの暮らしは、子供たちからの〝仕送り〟によって、どうにか生計も成り立ち、九郎も養うことが出来たのであった。


それから三年の月日が経とうとしていた。

大宇宙のリズム、自然の法則は、人間の営みなど関係なく、確実に〝時〟を刻む。時間の流れを速く感じるのも、遅く感じるのも、人間しだいである。

おじやんと九郎は、巡る年月を何とか健康で、無事に過ごした。

九郎は六歳半、人間でいうと、一説によれば、四十代半ばになるそうだ。

もう、九郎も中年である。

家の周りの木立が濃い緑となり、本格的な夏の到来を告げていた。

今年は久しぶりにスイカを植えていたので、あと少しに迫った収穫が、とても楽しみであった。

九郎はこのところ少し元気が無かったが、それでもパトロールだけは欠かさなかった。

相変わらずネズミや鳩などを捕ってきては、家で食べる。特に夏場は獲物が多いのか、その頻度が増えて困った。

「猫の習性やから捕るのはしゃあないけど、わざわざ家に持って帰ってこんでもええやろ、掃除すんの、わしやで!?」

一年中、同じことをぼやくおじやんであった。

今日は風呂を焚く日である。

風呂掃除は骨が折れる。おじやんは休み休み掃除をすると、焚口に回って火をつけた。

夏は風呂が早く沸くので、これだけは助かる。季節外れの焼き芋を焼くのも忘れていなかった。

夕食を軽く済ませると、ホームシアターで楽しみにしていた時代劇を観るのであった。

特に、誰かの〝ファン〟と言うわけではなかったが、昔から時代劇が好きだった。

以前、正美の夫の良一から言われたことがある。

「お義父さん、時代劇ばかり観ていると、気持ちが前進しませんよ」

「何でや?」

「最初から結末の分かる〝時代劇〟は、想像が膨らまないからですよ」

しかし、おじやんは相手にしなかった。

「この歳になって、今さら、前進もくそもないわ！　好きなもん観て何が悪い！」

おじやんは、悪者が最後に刀で切られ、裁かれるのが好きだった。今夜もそうだった。

いや、時代劇はいつもそうである。

爽やかな風が舞い込んで、カーテンを揺らしている。

風呂を焚く時に、一緒に焼いていた焼き芋を食べながら、マッサージチェアに腰掛けて、テレビを観る。すると九郎が膝の上に乗ってきて、「グルル、グルル」と喉を鳴らしながら甘えてきた。

おじやんにとって至福の時間である。

時代劇のあとは、洋画も楽しんだ。

ふと、おじやんは考えを巡らせた。数年前から施設に入居するよう、勧められている件だ。

その後のおじやんは、何とか健康を維持し、杖にもあまり頼らなくて良いほど、足もしっかりしているのであった。

「子供たちの気持ちはよく分かるが、介護施設なんかに入ったら、こんな自由な時間を過ごせなくなる。それに九郎はどうなる？」

おじやんは、深いため息をついた。

「出来るだけ元気で無事故でいよう、そして〝最後の時〟まで、この家で九郎と暮らせるように……」

そう祈りながら、手を合わせた。

蟬の鳴き声がピークを迎え、お盆になった。

今日は、正美の家族が墓参りを兼ねて家にやって来ていた。久しぶりに孫たちとも会えた。

正美の子供は、男ばかり三人で、高校生が二人と、中学生が一人である。

「会津家は、後継ぎが三人もいて安心や！　ガッハハ！」

おじやんは、孫たちに会うと、いつも口癖のように言うのである。

昼食は正美が弁当を作って持ってきてくれたので、それをみんなで食べることにした。

「もうずいぶん前やけど、孫の運動会でこうやって弁当広げて食べたなあ」

おじやんは懐かしそうに言った。

孫たちとの会話も楽しく弾んだ。部活のことやら、学校のことなど沢山話した。

ただ、いつも最後は〝人生とは〟〝正しい生き方とは〟といった、説教じみた話を孫たちは長々と聞かされた。

「爺ちゃんの話は長いし、おもろない！」

そう言って、孫たちはおじやんの所には、進んで来たがらないのであった。

夕方になって、正美の家族が帰る準備をしていると畑で収穫したスイカと野菜を渡した。

「正美、これ持って帰って」

「こんな沢山いらんよ！」

正美が言ったが、無理やり持たせた。おじやんにしてみれば、せめてもの恩返しである。

正美たち家族が帰った後の家は〝シーン〟と静まり返って、とても寂しい。特に孫たちに会えた後は寂しさが増すのであった。おじやんが涙ぐんでいると、タイミングよく、

「カラン！」と鳴って九郎が帰宅した。

「よし、よし、よう帰ってきたな！」

九郎を抱き上げた。

「ん？」

気のせいか、九郎の体重が、少し軽くなっているような気がした。

「まあこんだけ暑かったら、猫もバテるわな」

そう言って、いつものスキンシップが終わると、九郎の御飯を用意した。

〝ツクツクホウシ〟が鳴く頃、バーベキューで賑わっていた川にも人があまり来なくなった。

〝暑さ寒さも彼岸まで〟と言うが、ここに来る人の流れも同じであった。

ただ川だけは何も変わらず、きれいな流れを漂わせた。やがて季節は秋へと移り変わっていく。

仲秋の時期は、年を重ねるにつれ寂しさが増してくる。

「やがて秋が過ぎ、冬が来る」と思うと、やり切れない気持ちにもなるのであった。

今日は病院へ行く日で、循環器の検査を受けることになっていた。

町へ出たついでに、好きな食べ物を買って帰ろうと思った。

検査を終え、病院を出たおじやんは、つぶやいた。

「何か、変わった物でも食べよか」

そう思うが、あまり贅沢も出来ない。結局、あの、三年ほど前に出来たスーパーへ立ち寄って〝ツバス〟を買ってしまうのであった。

町へ出ると、最近はすぐに疲れが出てしまう。買ってきた物を冷蔵庫に入れると呟いた。

「わしも年とったなあ」

そしてソファに横になった。

家の中が薄暗くなって、その気配に目が覚めた。

「しもた、よう寝てしもた！」
二、三時間は眠っただろうか、すっかり夕方になっていた。
おじやんは慌てて一合の米を研ぎ、手早く味噌汁の具材を切り、夕食の準備に取り掛かった。

今日は、風呂は沸かさない。

御飯が炊けるまでの間、テレビで相撲を観戦する。丁度、〝秋場所〟が行われているのであった。

おじやんは相撲も好きで、こちらも特に誰のファンと言うわけでもないが、毎場所、欠かさず観るのが楽しみであった。

御飯が炊ける頃、九郎が帰宅した。

「何も咥えてないやろな？」

おじやんが不安そうに覗き込むと、今夜は何も咥えてなかった。

「ははあん、狩りに失敗したな？」

嫌味を言ってやった。

しばらくして買っておいた〝ツバス〟を出してやった。

「ほら、九郎、今日は刺身やで！」

喉を「グルル！」と鳴らしながら、おじやんの足に〝スリスリ〟してきた。

「ラッキー刺身か！　おじやん、ありがとう」

九郎は、美味しそうに食べはじめた。

そんな九郎を見ながらおじやんは、首をかしげて呟いた。

「ちゃんと三食、御馳走を食べさせてやっとるのに、何で他の獲物を捕って食べるんやろ？」

二人の夕食が終わると、いつものホームシアターは止めにして、布団に入った。九郎も布団の上で丸くなった。

町から遠く離れた山里は、川の水音だけを立てて、静かにふけていった。

あくる朝、目が覚めると、いつものようにテレビを点けて、ニュース番組を見た。

「えらいこっちゃ！」

ニュースでは、先日、発生した台風が、二日後に迫っていると告げていた。

最近は温暖化の影響か、台風の規模が年々大きくなっている。今回の台風は、かなりの強さらしい。

昨年も、同じ時期に台風が来た。おじやんの家は幸いなことに難を免れたが、町の方では民家の屋根が吹き飛んだり、物が飛んできて、車が壊れたりと、大変だったようだ。

「今回も無事に過ごせたら良いが…」

おじやんは急に不安になった。

ニュースを見ながら、台風への備えを思案していると、今度は畑のことが心配になった。

「困ったのう、白菜の苗を買ったばかりやのに」

おじやんは、しばらく植えるかどうか考えていたが、台風が接近するにはまだ時間があるようだった。

「よし！　植えたれ！」

強行植栽をした。

朝食を済ませ、畑に出ると、九郎がきれいに咲き誇っているコスモス畑の中にいて、じっとおじやんを見ていた。

時折、強い風が吹いて、台風の接近を告げていた。

「九郎、危ないから家に入り！」

おじやんが言うと、珍しく素直に家に入るではないか。九郎も、さすがに危険を察知しているかのようである。

二日後の夜、予報通り台風が来た。

「ヒュー！　グォー！」と嫌な音を立てて、風が吹き荒れている、まさに暴風雨である。

風対策はしたつもりである。幸い川よりは高い位置に古民家はあったし、高い山からも距離はあったので、土砂災害の心配も無かったが、それでもおじゃんは心細かった。

「男だ、ふんばれ！」

布団の中で呟きながら、九郎を抱きしめていた。

九郎も怯えているようで、おじゃんに寄り添いながら、台風が過ぎるのを待った。

二人とも意外と気が小さい。

「九郎が居てくれて、ほんまに良かった」

今さらながら九郎に感謝するのであった。

翌朝、ニュースで台風の暴風域から離れたことを確認すると、とりあえずひと安心した。

「ハア～、全然、寝れんかったがな」

おじゃんの家の近くの川も、濁流となっていたが、幸いにも氾濫までは至らなかった。

しかし、台風による被害が大きい地域もあり、心配した貴子から電話があった。

貴子に無事であること、今日いっぱいは、用心して外出しないことを告げると、安心したようだった。

次の日、朝から散歩に出かけた。ついでに、風呂を焚く薪代わりの小枝を拾おうと思ったのである。

台風の影響で、そこかしこに大小の枝が落ちていたので、手間が省けた。

杖は持たずに出かけていた。右腕で拾った枝を杖代わりにして、左の腕で小枝を抱えた。

しかし、たいした量は持てないし、おまけに湿っていた。

「まあ、すぐに乾くやろ」

そう言って持って帰った。

「九郎！　九郎！」

途中で何度か呼んでみたが、返事は無い。

「しばらく台風のせいで、パトロールに行ってなかったから、今日は遠出をしたな」

おじやんは、そう思った。

昼食を食べながらテレビを観ていると、台風の被害にあった地域のニュースが流れていた。

「気の毒にのお」

一言つぶやいて、悲惨なニュースは気分が落ち込むので、時代劇に切り替えた。

夜になっても九郎の姿は無く、一人で夕食を済ませた。

テレビを観ながら九郎の帰りを待ったが、なかなか帰ってこないので、先に寝ることにした。

台風が過ぎ時間が経っているとはいえ、川の流れもまだまだ急だし、いつもとは違う山里である。

おじやんは、九郎の事が心配で、なかなか眠れなかった。

「どこまで行っとるんや？」

おじゃんの長い長い夜が続いた。

浅い眠りについていたが、ふと、トイレに起きた。その時、「カタン！」と鳴って、ようやく九郎が帰ってきた。

「お前、どこまで行っとんたんじゃ!?」

おじゃんは叱った。

「何時やと思っとるんや！」

おじゃんの声に、さすがの九郎も驚いた様子で、逃げるようにソファに飛び乗った。

「九郎、はよ、御飯食べろ！」

九郎に言うと、すぐに食事を始めたが、少しだけ食べると、毛づくろいをはじめた。

おじゃんはこの時、九郎の食事のとり方に違和感を覚えたが、何せ、こんな時間である。

「いつもと違うのは当たり前やな」

そう思い直し、安心したのか、布団に入ると、今度はすぐに寝てしまった。

次の日、やはり九郎の食事の量が減っていることが気になった。

「同じメーカーの缶詰ばっかりやったから、飽きたんかもな…」

おじゃんは、違うメーカーの缶詰を買ってやろうと、町へ出ることにした。

普段はホームセンターで九郎の缶詰を買っていたが、今日はペットショップまで足をのばし、店員に相談してみた。

「ちょっと最近、食べる量が少ないねん、どないしたらええやろ？」

すると店員は、あれやこれやといろんな商品を勧めてきた。

「食欲のない時は、これなんかどうでしょう?」

結局、高くついてしまったが、九郎の為に奮発した。

「今日も回転寿司は無理やな、九郎の為や、このまま帰ろ」

心で呟くのであった。

家に帰ると遅めの昼食を済ませ、風呂焚き用の小枝を拾いに出かけた。

外は、かなり寒くなってきていた。

ダウンジャケットを着て、小枝をくくる為の紐を用意した。背中に背負って帰る為である。

今回は、一度で少しでも多く集めたかったので、杖は持たずにゆっくりと集めてまわった。

夕方になり、夕食の準備をしていると、九郎が帰ってきた。

「九郎、帰ったか?　今日はな、ちょっと上等なご飯を買ってきたからな、今、用意したるから、ちょっと待っとけよ!」

そう言って、おじやんは、嬉しそうに新しく買った御飯を出してやった。

九郎は匂いを嗅いだ後、美味しそうに食べた。ただ、やはり多くは食べなかった。

すぐに食事を終えると、おじやんの敷きっぱなしの布団の上に丸まった。

「おかしいな?　何でもっと食べへんのやろ?」

心配になって、正美に電話した。

正美の家では、犬を飼っている。何か参考になることはないかと思い、連絡したのである。

不安そうなおじやんに、正美は言った。

「お父さん、あんまり心配せんでも大丈夫やわ、うちの犬も時々、食欲ない時があるから」

「そやな！　誰でも食欲の無い時はあるしな、失恋でもしたんかな、ガッハハ！」

おじやんも話を聞いてもらって、少し気が楽になった。

「お父さん、猫のことより自分のこと心配してよ！」

「ごもっとも！」

だが、しだいに、九郎は日課だったパトロールへ出かける日が少なくなった。

また、出かけてもすぐに帰ってくるのである。

そんなある日、いつものようにおじやんが、九郎のトイレを掃除しようとすると、何やら赤黒く汚れていた。

血便である。

「やっぱり何か病気になったに違いない！」

おじやんは、確信した。

「明日、一番に病院へ行こな！」

九郎に話しかけたが、布団の上で丸くなったまま、返事はない。

翌日、九郎を動物病院へ連れて行った。

九郎が病院へ来るのは、おじやんに拾われた、あの〝寒い冬の日〟以来であった。

獣医は聴診器を九郎のお腹に当てて、入念に診察をしてくれた。しかし、原因は、はっきりしないらしく、注射を打ち、あとは一週間分の飲み薬を出された。

「先生、九郎は大丈夫ですか？　元気になりますか？」

「今の段階では何とも言えません。とりあえず様子を見てください。薬は、工夫して必ず飲ませてくださいね」

獣医からは、そう言われるだけだった。

家に帰り、さっそく昼食の猫用の缶詰を開けてやったが、九郎は食欲が無く、あまり食べない。

見かねたおじやんが、自分の手の平にご飯を乗せて、九郎の口元まで持っていっても、わずかに二口ほど食べるだけであった。

それでも何とか薬だけは飲ませた。

また、時折、九郎が表情を曇らせるのを、おじやんは見逃さなかった。

「きっと、どこかに痛みがある」

そう直感していた。

おじやんは、東の空に向かって手を合わせて祈った。

「どうか、九郎を助けてください！」

次の日、九郎はパトロールに出かけたが、すぐに帰ってきた。

「九郎、薬の時間やで」

おじやんは九郎を抱き上げて、次の瞬間、悲しくなった。体重が軽いのである。

「痩せてもうたなあ…」

だが、すぐに切り換えて、九郎を励ました。

「大丈夫や、九郎！　美味しい缶詰があるからお食べ、絶対に元気になるからな！」

九郎は、缶詰を少しだけ食べると、おじやんの手をペロペロと舐めて、顔を擦り付けてきた。

「よしよし、九郎、元気になってくれよ」

祈りを込めてささやくと、今度は自分の膝の上に乗せて、九郎が眠るまで静かに撫でてやった。

山里は日が暮れるのが早くなり、足早に冬へと向かっていた。

その後、九郎は、まったく外出しなくなった。

相変わらず元気の無い九郎を思うと、とても一人では抱えきれず、おじやんは子供たちに電話し、胸の内を聞いてもらった。

「心配するのは、分かるけど、しっかり寝なあかんで！」

一雄には、逆に心配を掛けてしまった。

「うちの犬が診てもらってる、動物病院を紹介してあげるわ、ちょっと遠いけど、良い獣医さんや言うて、人気やから」

正美からは、アドバイスをもらった。

「今は、薬をちゃんと飲ませて、いずれ良くなるから、大丈夫!」

貴子には、激励してもらうのであった。

夜中に目が覚めると、九郎の様子を観察した。静かに寝息を立てているのを確認すると、「ホッ」とするのである。

そして心の中で静かに九郎に話しかけた。

「あんなに元気で、何度、注意しても鳩やネズミを捕ってきとったのに、この辺りではボス的存在で…」

そこまで言うと、涙が溢れて仕方がなかった。

それから二日後の朝、正美がやって来た。

九郎を別の動物病院へ連れて行くためである。

少し距離があるので、今のおじやんの精神状態では、とても運転は無理と判断し、一雄と正美が、車で連れて行ってくれることになっていた。一雄は、昼前に遅れてやってくる。

「正美、すまんなあ」

元気のない声で礼を言った。

「ちょっと、お父さん痩せてない!?　いっぺん、体重計に乗ってみて!」

正美にきつく言われ、体重計に乗ると、何と四キロも痩せていた。

びっくりした正美は、おじやんを叱った。

「お父さん、しっかりしてよ！　気持ちは、分かるけど、お父さんまで病気になったら、みんな困るねんで！」

「分かっとるけど、九郎のことで頭が一杯や…」

「お父さん、頼むから元気出してよ！」

「分かっとる」

動物病院へは午後から出発なので、それまで時間があった。

正美は、おじやんの家の掃除やら洗濯やら、慌ただしく動いている。

おじやんはペットボトルを持って、川に向かった。九郎に川の水を飲ませる為だ。

〝きれいな川の水の方が九郎に良いのでは〟と何の根拠も無かったが、切実な思いで息を切らしながら、水を汲んできた。

少し早い昼食をとる事になり、正美が買ってきてくれたお寿司を二人で摘まんだ。

九郎にも缶詰ではなく、おじやんが作った〝ねこまんま〟を用意したが、三口ほどで食事は終わってしまった。

「九郎、もっと食うてくれ」

そして、今度は川の水を皿に注いでやると、ペロペロと飲んでくれた。

昼過ぎ、一雄が合流し、一雄の運転する車で病院へ向かった。

車中、おじやんの膝の上で九郎は目をつむり、何かに耐えているようだった。

動物病院に入ると、感じの良い空間が広がり、明るい内装を施した新しい病院であった。

「会津さん！　どうぞ」

そう呼ばれて、おじやんは九郎を抱いて、一雄と一緒に診察室へ入った。

正美は外で待機してくれている。

獣医は、まだ若そうな感じだが、おじやんはワラにもすがる思いで、三週間ほど、まともに食事をしてないことなど、これまでの経緯を詳細に伝えた。

「一度、お腹を中心に診てみますね」

獣医はそう言って、念入りに聴診器をあて始めた。

しばらく見守っていると、突然、何かに気付いたようで、おじやんに話しかけた。

「お腹のエコーを撮りたいので、毛をそりますね？　いいですか？」

「はい」

獣医は九郎のお腹の毛を剃り、ゼリーのような物を塗ると、エコー検査を始めた。

この前、連れて行った動物病院では、少し診察に抵抗した九郎だが、今は、その元気も無く、診察台の上に力なく横たわっているだけだった。

「可哀想で、とても見ておれん」

おじやんはそう思ったが、何とか踏ん張った。

エコーの画像を見ながら、獣医の顔が曇った。

「ウーン……」

そして今度は、九郎のお腹の一部分だけを触診し、確信を持ったように頷いた。

「先生、何か原因が分かったんですか？」

一緒に連れ添っていた一雄が訊ねた。

「下腹部に腫瘍がありますね、それも結構大きいですね、おそらくは膀胱ガンやと思います」

獣医はそう告げた。

一瞬、おじやんは頭が真っ白になった。

しかし、すぐに気を取り直し訊いた。

「先生！　手術は出来るんですか？」

獣医はかけていた眼鏡と聴診器を机に置くと、おじやんに話し始めた。

「これだけ体重が減ってますし、他の状況を見ても、もう手術は出来ないと思います」

「つまり、もう九郎は助からんということですか？」

「助かりません、残念ですが」

「そんなあ！」

おじやんは、それだけ言うと泣き崩れた。

一雄がおじやんの気持ちを察して、獣医に訊ねた。

「先生、あとどれくらい生きられますか？」

獣医は、少し考えてから答えた。

「はっきり言えませんが、この衰弱ぶりですから、おそらくは、あと一、二週間くらいですね」

一瞬、沈黙があって、獣医はさらに続けた。

「会津さんには残酷ですけど、医者としてははっきり伝えておきますが、この状況から判断して、結構、痛みがあって、最後まで苦しむと思いますよ」

しばらく沈黙があって一雄が訊いた。

「先生、〝安楽死〟という選択も出来るんですね？」

「はい、人間には当然、出来ませんが、ペットには飼い主の承諾があれば、獣医師の手で行うことが出来ます」

おじやんは、ただ、すすり泣くだけで、何も言わず、うつむいていた。

獣医は、落ち込むおじやんに目をやると、優しく言った。

「家で最後まで看取られるのも選択肢の一つですから、一度、よく相談されたらいかがですか？」

「親父、つらいけど、このまま九郎が最後まで苦しむのを黙って見とくのも可哀想や、せめて楽に死なせたった方がエエンとちゃう？」

一雄が言ったが、とても今のおじやんに〝即答しろ〟というのも無理な話であった。また九郎の前で、こんな話をするのも心苦しかったので、一雄は言った。

「一旦、家に帰ってから考えよか」

そう一雄に促され、おじやんたちは病院を後にした。

家に着くなり、おじやんは声を上げて泣き崩れた。

「九郎が死ぬう、九郎が死ぬんやあ、もうあかんのや、うう！」

おじやんは泣きに泣いた。

一雄と正美は、黙って見守るしかなかった。

九郎は用意された布団の上に、やせ細った体を横たえ、苦しそうな目でおじやんを見ていた。

「おじやん、迷惑かけて、ごめんな…」

そう言っているようであった。

「お茶でも入れるから、九郎のこと、それから考えよ」

正美が優しく、おじやんの背をさするのであった。

どれくらい時間が経っただろう、おじやんは、時間の感覚が無くなるくらい悲しみのどん底にいたが、突然、やせ細った九郎を抱き上げると、話しかけた。

「九郎、苦しいやろ？　お前が一番つらいねんもんなあ」

そして、九郎の目をじっと見据えて言った。

「分かった、少しでも楽にさせてやるのが、わしの使命や！」

九郎は目をつむったまま、おじやんの言葉を聞いていた。そして翌日の二十時、これが九郎の寿命と決まったのである。

〝最後の日〟の夕方、一雄がおじやんと九郎を迎えにやって来た。

おじやんは昨晩、一晩中、九郎に寄り添い、いろんな話をしたこと、九郎も自分の最期を悟っていること、そして、おじやんに最後まで〝スリスリ〟をして、感謝の気持ちを精一杯、伝えてくれたことなどを一雄に話した。

「そうか、ちゃんと、〝お別れ〟が出来たんやな、ほな親父、そろそろ行こか」

「ちょっと待ってくれ」

おじやんは九郎の傍に座り込むと、皿に注いだ水を、九郎の口元に運んだ。

「これ、きれいな川の水やで、飲み」

九郎は少し口を付けただけで、飲まなかったが、代わりにおじやんの手を二、三度舐めた。

「おじやん、ありがとう…」

その間、一雄は、正美と貴子に続けて電話を入れ、お願いをした。

「九郎が少しでも楽に逝けるよう、祈ってくれ、時間は二十時頃やからな」

外は、もうすっかり暗くなっていた。

おじやんは、九郎を抱いて車に乗った。

一雄は、段ボールとバスタオルを二枚用意して、トランクに入れた。九郎の遺体を入れる為である。一雄の目にも涙が溢れた。

「九郎、許してくれよ、ゆるせよ…」

病院へ着くまでの間、おじやんは、そればかりを言い続けた。

病院へ着いて、手続きを一雄が済ませると、呆気なく〝その時〟はやって来た。

「会津さん、どうぞ」

呼ばれた三人は診察室に入った。

「ここに乗せてください」

手術台である。

おじやんが、生命を宿した九郎に触れているのは、ここまでとなった。

「今から全身麻酔をします、よろしいですね？」

獣医が最終確認をした。

うつむくおじやんに代わって、一雄が大きく深呼吸をして、それから静かに答えた。

「お願いします」

ふと、おじやんが顔を上げると、九郎は薄く目を開けているだけだったが、その目は、確かにおじやんを映していた。

「おじやん、最後まで可愛がってくれて、本当にありがとう」

その目は、そう語りかけていた。

次の瞬間、おじやんは床に膝をついて、九郎の前足を握りしめ、まるで子供のように号泣した。

「九郎！　守ってやれんでごめんな、ゆるせえ！」

「では、はじめます」

獣医は、おじやんが落ち着くの待って、しずかに注射をした。

九郎は静かに、ゆっくりと目を閉じた。

しばらくしてから獣医が言った。

「それでは心臓を止めます」

獣医は麻酔で九郎が眠ったのを確かめると、別の注射を打った。

ほんの数分の出来事であった。

しばらくして、獣医が聴診器を九郎の胸にあてた。

そして、一礼した後、静かに告げた。

「ご愁傷さまでした…」

一雄が、そっと九郎の首輪を外すと、鈴が、「カラン」と、一度だけ鳴った。

そして、用意したバスタオルで九郎を包むと一雄は言った。

「親父、帰ろうか」

おじやんは号泣して止まらない。それは帰りの車中でも同じであった。

家に着くと、一雄は語りかけた。

「親父、いつまでも泣いとらんと、まだやることがあるねんで、分かっとる？」

明日は、九郎を火葬することになっていた。

　一雄は、九郎が他の動物と一緒に火葬されるのは可哀想だと、個別に火葬してくれる所を探し、予約をしてくれていたのであった。

「親父、明日の朝、九時の予約やから、八時には出発出来るように頼むで」

　その後、一雄は、おじやんの為に、ラーメンを作って帰って行った。

　おじやんは、さすがに泣き止んだが、食欲はなく、ラーメンはあまり食べれなかった。

　夜中になって、ようやく床についたおじやんは、九郎の入った段ボール箱を自分の布団の横に置いて、目を閉じた。

　九郎が家に来て、約六年。初めて静かな夜、本当に静かな夜が過ぎていった。

　早朝、おじやんは、九郎の入った段ボールを開け、そっと九郎を抱き上げると、蒸したタオルできれいに顔を拭いてやった。

　朝一番に外へ出て、咲き残ったコスモスを摘んできていた。それを段ボールに敷き詰め、九郎をその上にねかせた。

　段ボールの隅には、食べられなかった缶詰と、お菓子のジャーキーを入れた。

　そして、もう一度、川の水で浸したティッシュで、九郎の口の周りを優しく拭きながら話しかけた。

「九郎、エエとこ行くんやで…」

　やがて、一雄が迎えに来た。

「親父、御飯食べたか？」

「ちょっとだけ、パンを食べただけや」

「大丈夫か？」

「大丈夫や、わしは死なへんから…」

その言葉に、どう答えたら良いのか、返事に困った。まだ時間には少し余裕があったが、少しでも早く家を出た方が良いと判断し、一雄は言った。

「ちょっと早いけど、行こか」

火葬場へ向かう車中、一雄は努めておじやんに話し掛けようと思った。

「親父、くれぐれも体を労ってや、今は悲しいやろうけど、弱ってしまったら九郎も悲しむんやで」

「分かっとる…」

そう答えただけで、その後は、結局二人とも無言のまま火葬場に着いた。

「最後に、お顔を見られますか？」

係から確認があったが、断った。

もう十分に〝お別れ〟はしたし、これ以上変わっていく九郎の姿を、見たくなかったからである。

そして九郎の入った段ボールは、奥の扉へと消えていった。

係から、しばらく待つように言われ、二人は無言で待機した。

人間とは違って、小さな猫一匹、三十分ほどすると、「会津さん」と呼ばれて奥の部屋へ入った。

眼前には小さな骨だけになった九郎があった。

おじやんは、小さな骨壺に九郎を収めると、すぐに帰宅した。

一雄は、昼食の弁当を食べると、疲れた様子で言った。

「ほな、帰るわな」

「ほんまにありがとうな、いろいろと助かった、ありがとう」

おじやんは、精一杯のお礼を言って、見送った。

その後、正美と貴子からも、続けて励ましの電話が鳴った。

子供たちと話していると、少し気がまぎれた。改めて家族の温もりに感謝をするのであった。

次の日の朝、おじやんは、九郎の入った小さな骨壺と、小さなスコップを持って外に出た。

向かった先は、おじやんと九郎が、初めて出会った、あの竹藪である。

九郎の墓は、特に設けようとは思わなかった。

出会った竹藪、集会をしていた小高い岩の上や縄張りにしていたこの山里、全てに九郎の骨を、少しずつ埋めてやりたいと、おじやんは密かに決めていたのである。

途中、畑で菊の花を摘んだ。

おじやんは九郎と過ごした山里を、ゆっくりと歩いた。

そして、竹薮に着くと、小さな穴を掘って、九郎の遺骨を埋めた。順番に九郎が過ごしたであろう山里の思い出の場所に、穴を掘って遺骨を埋めて行った。

やがて、おじやんの行動範囲も、たかだか知れているし、九郎の遺骨も少しだけである。一時間もすると、全て終わった。

おじやんは、悔しかった。

〝ただ悔しい〟と言うだけでなく、〝何故、もっと早く、病院へ連れて行ってやらなかったのか〟と言う後悔と罪悪感が、払拭出来ずにいたのである。

九郎が居なくなってからは、週末になると、おじやんを心配して、子供たちが入れ替わり、好物の寿司や刺身を買ってやって来た。

ある時、正美が言った。

「お父さん、すごい罪悪感をもっとるけど、よう考えて！　九郎は、あの日、ほんまやったら、そこで凍死してもおかしくないところを、お父さんが助けて、大事に育てて、美味しいもん一杯食べさせて、あんなに可愛がってたんやから、九郎も絶対、感謝してるよ！」

「そうやろか？」

「絶対、感謝してるって！　だから、お父さんは元気に生きなあかんよ、それが九郎への最大の追善回向やから！」

その言葉を聞いて、おじやんは、少し気持ちが楽になるのが分かった。

「正美、たまには、エエこと言うのお」

おじゃんは、冗談を言うと、正美と二人で笑った。

久しぶりに笑えた。

「お父さん、後は、時間が解決してくれるから、ボチボチ、元気になってな！」

そう励まして、正美は帰って行った。

山里に厳しい寒さがやって来た。

おじゃんは、じっと耐えながら、自分に言い聞かせた。

「必ず、春が来る！」

そして、亡くなった妻と九郎の追善回向をしながら、寒さに耐えながら山里での日々を送った。


東の空がうっすらと明るくなって、暖かな日差しが、カーテン越しに射し込んで、目が覚めた。

いつしか、厳しい寒さも過ぎ去り、春を迎えていた。

朝晩は、冷え込んだが、日中は穏やかな日差しが、おじゃんの心を包み込んだ。

いつものように、朝食を済ませると、川沿いの桜の木を見に出かけた。

日を追うごとに蕾が大きくなって、もうすぐ満開を迎える。

「やっぱり、桜はエエのお！」

毎日、同じことを言うのであった。

「これやと、週末は桜が満開になって〝花見〟をする人が大勢来るな」

そんなことを思いながら歩いていると、川に架かった小さな橋の向こうに、何やら〝黒い塊〟のような物が見えた。

「おお！　九郎か!?」

おじやんは、瞬間、そう叫んだ。

その〝黒い塊〟は、その声に驚いたように、立ち止まって、こちらを振り返った。

春の穏やかな太陽の光に照らされて、黒い毛は光り、凛とした姿勢で、おじやんを見つめていた。

そこには、あの〝九郎〟がいた。

懐かしい気分になりながら、おじやんが、近づこうとすると、警戒したのか、足早に逃げ去ってしまった。

「そうか！」

おじやんは、すぐに気付いた。

「九郎の子供や！　あの日〝失礼なオバハン〟が文句言うてきた、三匹の子猫や！」

そう、おじやんは確信した。

「九郎が生きてた時に、腹いっぱいメシ食うて、幾日か出かけることがあったけど、やっぱり子供に、御飯食べさせとったんや！」

おじやんは、急に嬉しくなった。

「やっぱり、そうやったんや」

何度もそう呟きながら、おじやんは歩いた。

「九郎の子が居て、それでまた、次に子が出来て、九郎の生命は、ずっとこの山里に生きとるんや」

おじやんは、ふと立ち止まった。

「これは、エライこっちゃ！　九郎の子供や孫、全部入れたら何匹おるんや!?　わし、年寄りの一人暮らしやで、しかも〝ペースメーカー〟も入ってますねん！　家に来られても、よう面倒みられへんで！」

一人で勝手に心配するのであった。

「はよ帰って〝時代劇〟観よ！」

そして、おじやんは〝黒い塊〟に向かって叫んだ。

「わし、忙しいねん！　ネズミ咥えてくるなよ！」

橋の上から川をみると、「パシャン！」と音がして、魚が跳ねた。川は太陽の光を返すように〝キラキラ〟と乱反射して、眩しかった。

近くの雑木林から、小鳥たちが一斉に飛び立って、それぞれの生命を、今日も精一杯、躍動させていた。

終わり

著者プロフィール

若松 豊子（わかまつ とよこ）

昭和17年1月24日生まれ。
愛媛県出身、兵庫県在住。

猫の九郎と、おじやん

2025年3月15日　初版第1刷発行

著　者　若松 豊子
発行者　瓜谷 綱延
発行所　株式会社文芸社
〒160-0022　東京都新宿区新宿1－10－1
電話　03-5369-3060（代表）
03-5369-2299（販売）

印　刷　株式会社文芸社
製本所　株式会社MOTOMURA

ISBN978-4-286-26368-7